author
kimimaro
illust.もきゅ
4
家で無能と
言われ続けた俺ですが、
世界的には
超有能
だったようです

ジーク（ノア）

「久しぶりですわねえ、ノア！」
アエリア

ライザ

「魔裂斬ッ!!!!」

「これが我が商会の
最終兵器ですわ！」

contents

家で無能と言われ続けた俺ですが、世界的には超有能だったようです 4

kimimaro

GA文庫

カバー・口絵・本文イラスト

もきゅ

第一話

迷宮都市と仲間の過去

「ここが……迷宮都市ですか」

ファム姉さん襲撃事件から、およそ一週間。

俺《おれ》たちは馬車に乗って、迷宮都市ヴェルヘンを訪れていた。

ファム姉さんによって与えられた試練をクリアするためである。

迷宮の奥に封じられた聖剣。

それを三か月以内に、何としてでも手に入れなければならない。

「でっかい街だね」

「ええ。それに何だかすごく威圧的というか……」

巨大な防壁が市街地をぐるりと囲んでいて、遠くから見ると闘技場か何かのようだった。

ラージャの街にもかなりしっかりとした防壁があるが、それよりもさらに物々しい。

「まるで要塞だな。よほど、あの山脈の魔物が手強《てごわ》いのか？」

「違うよ。あれは、外からじゃなくて内からの魔物を防いでるんだ」

ライザ姉さんの問いかけに、首を横に振ったクルタさん。

彼女は手で庇《ひさし》を作り、壁を観察しながら言う。

「ずっと昔、迷宮から魔物が溢《あふ》れて大陸を荒らし回ったんだって。それで、迷宮の脅威を恐れた国々が築いたのがあの大防壁らしいよ」

「なるほど。外に出さないためではなく、内から漏《も》らさないための壁か。しかしそうなると、壁の中の住民たちは……」

「もともと、街は壁の外にあったんだって。けどそれじゃ不便だからって、いつの間にかみんな壁の中に住むようになっちゃったとか」

「……ったく。人間ってのはつくづく懲《こ》りねえもんだよな」

呆《あき》れるようにつぶやくロウガさん。

痛い思いをしたからと言って、そう簡単には行動を変えられないということだろう。

……実際、ロウガさん自身もなかなか悪い遊びをやめられないようだし。

「一応、いざという時には戦うって条件で税金が安いとかはあるみたいだよ。他にも、いろいろ自治権を認められてて商売がやりやすいとか」

「それをうまく生かして、地盤を築いたのがフィオーレ商会ってわけですか」

「そういうことになるね」

アエリア姉さんが冒険者相手の商売をしているのは知っていた。

けど、迷宮都市にここまでしっかり根を張っていたとは知らなかったなぁ……。

考えてみれば、何かと理由を付けてウィンスターを離れていることが多かったのだけれども。

何をしているのかについて、全然教えてくれなかったんだよね。

迷宮都市に行くなんて言ったら、俺がついて行きたがるとでも思ったのだろうか。

「ひとまず、街に入ったらできるだけ目立たないように行動しましょう」

「だな、騒ぎになったらいろいろと動きにくい」

「姉さんは、絶対にやり過ぎたらダメですからね。絶対ですよ」

「子どもじゃあるまいし、心配のし過ぎだ」

やれやれと肩をすくめるライザ姉さん。

大人らしく余裕のある雰囲気だが、それが逆に心配である。

こう言って、姉さんが素直に大人しくしてた試しなんてないからな。

「だって……ライザ姉さんですからね。面倒だからって、迷宮の床を突き破ったりしそうで」

「……ダメなのか？」

「ダメです!!」

とぼけた顔をするライザ姉さんに、俺たちは揃《そろ》って声を上げた。

これからアエリア姉さんの本拠地に行くというのに、これじゃ先が思いやられるぞ！

迷宮攻略のために与えられた猶予は三か月。

そのうち、何とか一か月ぐらいはアエリア姉さんにバレずに行動したいと思っているのだけれど……。

この分だと、一週間ぐらいで正体がバレてしまうかもしれない。

「くれぐれも、くれぐれも大人しくしてくださいよ……！」

「あ、ああ……わかった」

「そろそろ門につきます、カードを出してください」

御者《ぎょしゃ》をしていたニノさんに促され、ギルドカードを取り出す。

門の前に馬車を止めた俺たちは、すぐさま門番にそれを差し出した。

こういう時、冒険者の身分というのは便利なものである。

だいたいの国でギルドカードが身分証明として使えるからね。

「これは驚いた、凄《すご》い面子《メンツ》じゃないか。君たちも十三番の攻略に来たのかい？」

「いや、ちょっと用事があってね」

「そうかい、それは失礼」

「それより、十三番ってなに？　迷宮都市にある迷宮って、全部で十二個だよね？」

「ん？　知らないのかい？」

クルタさんの問いかけに、門番の男は驚いたような顔をした。

十三番というのは、よほど有名な場所らしい。

「十三番目の迷宮が、つい最近見つかったんだ。魔物は強力だが、それ以上に貴重な遺物が見つかるそうでね。いま、ヴェルヘンじゃその話題で持ち切りさ」

「へえ!!　ヴェルヘンで新しい迷宮が見つかるのって、百年ぶりぐらいじゃない!?」

「正確には二百年ぶりらしい。だから、大騒ぎなんだよ」

景気も良くなっているのだろうか、そう語る門番の顔はどこか嬉《うれ》しそうであった。

言われてみれば、俺たちの他にも冒険者らしき面々を乗せた馬車が列をなしている。

既に、耳の早い冒険者たちが各地から集まってきているようだ。

「さ、審査は終わりだよ。後がつかえているから、早く行ってくれ」

「ありがとう、また帰る時はよろしくね」

こうして無事に門を通過した俺たちは、ヴェルヘンの市街地へと入った。

狭い土地を最大限に生かす工夫なのであろうか。

ラージャと比べると建物の背が高く、空が少し狭いような感じがする。

そして時折、見慣れない機械のようなものが通りを走り抜けていった。

流石《さすが》は迷宮都市、冒険者の聖地と言われるラージャにも負けないほどの繁栄ぶりである。

むしろ、人口密度で言ったらこちらの方がはるかに上かもしれない。

「いろいろ、見かけないものがありますね」

「ヴェルヘンの魔道具は有名ですからね。わざわざ買い付けに行く冒険者も多いです」

「なるほど、迷宮でとれる魔石をこの街で加工してるってわけですか」

「そんなことより、早く迷宮へ行こうではないか！」

俺たちが街の様子を見ていると、姉さんが待ちくたびれたとばかりに言った。

強力な魔物のいる新しい迷宮と聞いて、いても立ってもいられないらしい。

ライザ姉さんは戦うの大好きだからなぁ、仕方ない。

「そうですね。でも、その前に、登録も済ませないといけないですよ」

「そうだな。よし、行くぞ!!」

「ライザさん、商会はそっちではなくてあっちですよ」

意気揚々と逆方向に向かって歩き出した姉さんを、慌てて正しい方向へと誘導するニノさん。

いろいろと不安はあるものの、こうして俺たちの迷宮都市での生活が始まったのだった。


―○●○―


「こんにちは！　フィオーレ商会へようこそ！」

ヴェルヘンの市街地の中心部。

慌ただしく人が行き交う通り沿いに、フィオーレ商会の支部はある。

その三階建ての建物に入ると、さっそく受付嬢さんが声をかけてきた。

この街では、商会がギルドの代わりを果たしていると聞いていたけれど……。

まさしくその通りで、建物の中はギルドそっくりな雰囲気だ。

受付があって酒場があって、集う人々の様子もよく似ている。

強いて違いを言うならば、壁の掲示板が小さいことぐらいだろうか。

恐らくは、ラージャと比較すると依頼が少ないことからこうなっているのだろう。

もっとも、迷宮があるこの街では少しぐらい依頼が少なくても十分に稼げるようだが。

「えっと、ここへ来るのは初めてなんですけど……ギルドとだいたい同じですか？」

「もしかして、他の街から来た冒険者さんですか？」

「ええ。俺たち全員、ラージャの街から来ました」

「おお、冒険者の聖地じゃないですか！　そういうことでしたら、ギルドとほぼ同じ利用方法で問題ないと思います。ここヴェルヘンでは、我がフィオーレ商会がギルド業務のほとんどを委託されておりますので」

自信ありげに語る受付嬢さん。

フィオーレ商会の象徴である花束《はなたば》を模したエンブレムが、誇らしげに輝いて見えた。

では逆に、ギルドと違う点はいったいどこなのであろうか？

すかさずクルタさんが尋ねると、受付嬢さんはすぐに街の地図のようなものを取り出す。

「これはこの街の地図なのですが、ダンジョンの場所がそれぞれ赤いバツ印と青いバツ印で示してあります。うち、青いものが商会の管理する迷宮で赤いものが冒険者ギルドもしくは領主様の管理するものです」

「すごいな、大半が青いじゃないか」

「はい。ここ三年ほどの間に権利の買収を進めまして、現在は十三か所存在するうちの八か所
が商会の管理となっています」

「さすがアエリアだな。伊達《だて》に年がら年中働いているわけではないか」

うんうんと満足げに頷《うなず》くライザ姉さん。

思い返してみれば、アエリア姉さんはいつも忙しそうにしてたからなぁ。

義父さんの跡を継いで会頭となってからというもの、まとまったお休みを取っていた記憶がない。

その猛烈な働きぶりの成果が、ここに現れているといったところだろうか。

一方、ライザ姉さんの方は割といつも暇そう……。

「む、何だその顔は？　いま私に対して、失礼なこと考えなかったか？」

「あはは……」

「まったく。怯《おび》えなくなったのはいいが、最近のジークは私を舐《な》めていないか？」

「そ、そんなことないよ！」

「あの、先ほど『アエリア』とおっしゃいましたが……。会頭とお知り合いなのですか？」

そう言って、軽く首を傾《かし》げた受付嬢さん。

しまった、姉さんも迂闊《うかつ》なことを言ってしまったな。

俺がそっと目を向けると、彼女はどことなく挙動不審な様子で言う。

「いや、そんなに深い関係ではない！　以前にその……仕事の関係で少しな！」

「そう……ですか。それで、先ほどお尋ねになった違いについてなのですが。商会で管理していない迷宮に潜る場合、申請書にサインをお願いしております」

「それだけ、ですか？」

「ほかにも買取金額などこまごまとした違いはあるのですが……。都度でお尋ねいただいた方が良いかと思います。まとめてとなりますと、相当長くなってしまうので」

「そうか。なら、お勧めの迷宮とかはないか？　俺たち、潜るのは久しぶりでな」

久々の迷宮に、腕が鳴るのだろうか。

ロウガさんは準備運動でもするかのように、肩をグルグルと回しながら尋ねた。

それを聞いた受付嬢さんは、少し考えて街の端にある迷宮を指さす。

「でしたら、この第三迷宮はいかがでしょうか。この街にある迷宮の中では、最も攻略しやすい初心者向けの迷宮です」

「へえ……。ちなみに、推奨ランクはどのくらいなの？」

「Dランクですね」

「む、それはちょっと低すぎるかもなぁ。俺たち、全員がBランク以上だから」

「え？　俺は……」

「実質Bランク以上ってことだから！」

話がややこしくなる、とばかりに告げるクルタさん。

その口調の強さに、俺は思わず言葉を引っ込めてしまった。

実質Bランク……。

戦闘力だけで見れば、そういうことになるのだろうか。

まだまだ、実戦経験とかいろいろ足りないと思うんだけどなぁ……。

そもそも、冒険者になってから日が浅すぎる。

「でしたら、第七迷宮あたりが……」

「ちょっと待ちな！」

後ろから不意に大きな声が聞こえてきた。

振り向けば、小麦色の肌をした大柄な女性がこちらを見ている。

年の頃は三十歳前後と言ったところだろうか。

目鼻立ちのハッキリとした美人で、目力がとにかく強い。

気っ風《きぷ》も良さそうで、姐御《あねご》とか呼びたくなるタイプの人だ。

動きやすさを追求したものなのか、露出の激しい軽鎧が目に優しくない。

「初心者に七番なんて勧めてるんじゃないよ。迷宮と外は違うんだ、命が惜しけりゃ第三から

にしな!」

「忠告はありがたいが、俺たちは……ん?」

女性と相対したロウガさんが、にわかに驚いたような顔をした。

彼につられるようにして、女性の方もまた大きく目を見開く。

「もしかしてアンタ、ロウガかい?」

「そういうお前は……ラーナか?」

互いに名前を呼び合うロウガさんとラーナさん。

雰囲気からして、二人は古い知り合いか何かだろうか?

予想外の事態に姉さんやクルタさんと顔を見合わせると、二人は距離を詰めて……。

「はっ、よく戻ってこれたな! 迷宮なんてもうこりごりだって逃げ出したくせに!」

「ラーナこそ、よく生きてたもんだ! この命知らず女!」

「んだと! へっぴり盾野郎!」

「ああ?」

「やるか?」

「わわ! 喧嘩《けんか》しないでください!!」

慌てて二人の肩を掴《つか》み、引き離す俺たち。

最初に何かやらかすとすれば姉さんだと思っていたけど、これは思わぬ方向で問題が起きたなぁ……！

ロウガさんを制止しながら、俺はたまらず顔をしかめるのだった。

――○●○――

「……それで、いったい何があったんですか？」

商会に併設されていた酒場。

そこで俺たちは、ロウガさんとラーナさんから事情を聴いていた。

二人とも、いきなり喧嘩したことについては反省しているのだろう。

心なしか表情がしおらしい。

まあ、二人ともけっこういい歳《とし》だからな。

「前に、俺も迷宮を探索したことがあるって言っただろ？　その時、ペアを組んでたのがラーナなんだ」

「そう言えば、一攫千金《いっかくせんきん》を狙《ねら》ってとか言ってましたね」

「もっとも、あの時のこいつは一攫千金どころか大損してラージャに逃げ戻ったんだけどね」

「だから、余計なことを言うなっての」

顔をしかめながら、やれやれと肩をすくめるロウガさん。

以前はすぐに迷宮攻略を諦《あきら》め、ラージャに戻って来たようなことを言っていたけれど……。

この調子だと、ラーナさんとはそこそこ長い付き合いのようだ。

憎まれ口を叩《たた》きながらも、互いに気心が知れているような雰囲気である。

「しかし、よくこの街に戻って来たね。やっぱり十三番が目当てなのかい？」

「いや、あそことは関係ない」

「そりゃ意外だね。てっきり、あの時のリベンジに来たのかと思った」

「今回、用があるのは俺じゃなくてこいつだよ」

そう言うと、ロウガさんは俺の背中をポンポンと叩いた。

ラーナさんは「へえ」とつぶやくと、すぐさまこちらに向かって前のめりになる。

たちまち、値踏みするような容赦のない眼差《まなざ》しが俺に向けられた。

その視線の鋭さに、俺は思わず緊張して肩を震わせる。

長年、姉に脅かされてきた弟の本能とでも言えばいいのだろうか。

年上で気の強い女性って、どうにも苦手なんだよなぁ。

「この子がねえ……。パーティの新入りかい？」

「いや、正確には俺がこいつのパーティだ」

「ん？　その言い方だと、この子がメインでアンタがサブみたいだけど」

「……その通りだ」

悔しそうな顔をしながらも、はっきりと告げるロウガさん。

それを聞いたラーナさんは眼をパチクリとさせたのち、腹を抱えて笑った。

俺がリーダーだというのが、よっぽど信じられなかったらしい。

まぁ、今の面子だとどう考えてもロウガさんがリーダーっぽいよな。

最年長だし、冒険者歴が長いだけあってそれっぽい風格もあるのだから。

「ははは、アンタも冗談が上手《うま》くなったね！　いくらなんでも、そりゃないだろう」

「ところがどっこい、本当なんだよな……」

「ふぅん。ということは、あれかい？　この子の方が、ロウガより強いのかい？」

ラーナさんの問いかけに、ロウガさんはよりいっそう渋い顔をした。

そして囁《ささや》くような小声で「そうだよ」と言う。

俺のことを認めてはいても、やはり男としてのプライドにいろいろと障りがあるようだ。

しかし、それを聞いたラーナさんは容赦なく笑う。

「そりゃ傑作だ！　ロウガ、アンタもしかしてまだCランクなのかい？　てっきり、Bぐらいにはなったと思ってたけど」

「失礼だな、ちゃんと昇格してらぁ！」

「ということは、この子はそれ以上ってこと？　ちょっと信じられないねぇ……」

俺の顔を見ながら、訝《いぶか》しげに目を細めるラーナさん。

まあ、無理もないだろう。

明らかにベテランのロウガさんと比べて、俺はまだまだ新米感が抜けてないからなぁ。

そもそも、冒険者になってからまだ一年も経《た》っていないし。

「こう見えても、ジークはめちゃくちゃ強いからね。実力ならSランク以上だよ」

「ははは！　そんなわけないだろう、大人をからかうもんじゃないよ」

「む、失礼だなぁ！　ボクはもう大人だよ！　これでもAランクなんだから！」

そう言うと、クルタさんはすかさず懐《ふところ》からギルドカードを取り出して見せた。

ちょっとばかり大人げない気もするが、それだけ癪《しゃく》に障ったということなのだろう。

それを手にしたラーナさんは、クルタさんが本当にAランクだと確認して驚く。

「へえ……本当じゃないか！」

「ふふん、ボクは嘘《うそ》つかないからね！」

「となると……俄然《がぜん》興味が出てきたねえ」

不意に色っぽい表情をして、俺に身を寄せてくるラーナさん。

先ほどまでの豪放磊落《ごうほうらいらく》とした様子はどこへやら。

細い腰を捻《ひね》り胸元《むなもと》を強調したその姿は、何だか妙に艶《なま》めかしい。

年上の魅力とでもいうべき色香に、たちまち頬《ほお》が赤くなる。

「ジーク君だっけ？　この冴《さ》えないオッサンは捨てて、アタシを仲間にしないかい？　これでも迷宮探索は慣れてるからね、きっと力になれると思うよ」

「おいおい、人の仲間を誘惑すんなよ！　ったく、お前は昔っから変わってねーな」

「アタシの色気にコロッとやられたアンタがよく言うよ」

「へえ……色気にコロッと」

女性陣の目つきが、にわかに冷たくなった。

特にニノさんは、またかとばかりに呆れ顔をする。

その寒々しい視線にロウガさんはすぐさま笑って誤魔化《ごまか》そうとするが、それでうまく行くほど甘くはない。

「まったく、ロウガはいつもこうなんですから。学習能力というものがないんですか？」

「余計なお世話だ！　男ってのはな、女に騙《だま》されただけ成長するんだよ」

「カッコいいこと言ってますけど、騙されたのに成長してないじゃないですか」

「そ、それはだな……。とにかく昔のことだ、ほじくり返すんじゃない！」

声を大にして、無理やりに話題を打ち切ったロウガさん。

彼はフンッとラーナさんから視線をそらすと、そのまま黙ってしまう。

「完全に拗《す》ねましたね。いい年した大人が、みっともない」

「……それより、ラーナ殿はロウガと二人でいったい何を狙ったんだ？　口ぶりからすると、噂《うわさ》になっている第十三とも関係があるようだが」

「十三番とは直接関係はないよ。ただ、動乱期の迷宮には――」

「奴《やつ》が出るんだよ」

不意に、ロウガさんが口を開いた。

奴とは、いったい何なのだろうか？

ロウガさんの重々しい口調に、にわかに緊張感が高まる。

そして、ゆっくりとためらうように尋ねてきた。

「緋眼《ひがん》の牡牛《おうし》ってモンスターを、知ってるか？」

「……何ですか、それは」

聞き覚えのない魔物の名に、俺はすぐさま首を傾げた。

クルタさんたちも知らなかったらしく、不思議そうな顔をしている。

迷宮限定のよっぽどマイナーな魔物なのだろうか。

強い魔物ならば、だいたいクルタさんか姉さんが知っているのに。

「ま、知らないのも無理はないか。滅多《めった》に出現する魔物じゃないし、牡牛に関《かか》わるとろくな死に方をしないって言われてるからな」

「……まさか、呪《のろ》いだとか言うのではあるまいな？」

いつになく緊張した面持ちで尋ねるライザ姉さん。

心なしか、声が震えているような感じもした。

そう言えば姉さんって、剣で切れないものは苦手だとか前に言っていたような……。

意外と呪いとかは怖いのかもしれない。

ガサツそうに見えて、割と信心深かったりもするし。

「そういうのではないんだが……。そのなんだ、話せば長くなるぞ」

そう言って前置きすると、ロウガさんは酒を少し口に含んだ。

どことなく重い雰囲気を醸《かも》し出《だ》した彼を見て、俺たちは自然と静かになる。

普段は騒がしいロウガさんが、こんなに重い空気を醸すのは珍しいことだった。

「迷宮ってのはもともと、神々が邪神を封じ込めるために生み出したって言われてる。邪神の身体から少しずつ魔力を抜き取り、それを魔物に変えて浄化するんだそうだ」

「聞いたことあります。東方にも似たような伝承が残ってますね」

「それが今から千年ほど前、古代文明の時代にこのシステムを悪用した魔導師がいた。そいつは迷宮の魔力の流れを変えて、自分に従う魔物の軍勢を生み出したんだ」

「そう言えば、そんなような話を本で見たような……。確か、大魔導師グレゴールだったたっけ？」

「そ、グレゴールだ。この魔導師は、迷宮の中に自分の宝物庫まで作っていてな。それを守護するために生み出された魔物が緋眼の牡牛ってわけだ」

「ということはつまり、牡牛ってのを倒せばそのグレゴールって魔導師の宝が手に入るってことですか?」

俺の問いかけに、ロウガさんはゆっくりと頷いた。

そりゃまたすごいスケールの話だ。

古代の大魔導師の宝ともなれば、いったいいくらの値が付くかわからない。

国を興せるぐらいの財宝が手に入るかもしれなかった。

しかし……いくらロマン溢れる迷宮とはいえ、そんな伝説の魔物が実在するのだろうか?

はっきり言って、どうにも胡散臭《うさんくさ》い感じがする。

姉さんやクルタさんもそう思ったのか、いまいち納得のいかないような表情をしていた。

すると俺たちの疑問を察したのか、ラーナさんが笑いながら言う。

「アタシたち探索者も、こんなのおとぎ話だと思ってたさ。けど、今から十年前の動乱期にね。

迷宮内で牡牛を見たって目撃例が相次いだんだよ」

「でもそれって、普通のミノタウロスと見間違えたんじゃ……」

迷宮に巣食う半人半牛の魔物、ミノタウロス。

探索者ではない俺でも知っているほど有名な魔物だ。

恐らく、生息数だってそれなりに多いだろう。

瞳《ひとみ》は青いとされているが、見間違えたとしても不思議ではない。

「最初はみんなそう思ったさ。けど、ごく浅い階層での目撃例もあってね。これは本物だって噂になったんだよ」

「で、その噂を聞いてヴェルヘンを訪れたのが若かりし頃の俺ってわけだな」

過去を懐かしむように、どこか遠い眼をするロウガさん。

散々な目に遭ったようなことを言っていたが、すべてが悪い思い出ではないのだろう。

その表情は穏やかで、語り口も落ち着いている。

「あの頃《ころ》の俺は調子に乗っててな。噂の牡牛を倒してやろうって息巻いてたんだ。そこで偶然仲間になったのが、こいつってわけだ」

「偶然ねえ？　アンタ、アタシを見るなりいきなり『仲間になってくれ！』って言って来たんじゃないか」

「違うだろ？　ラーナの方から言って来たんじゃねーか」

「あん？　そんなわけ……」

「まあまあ、今更どっちでもいいじゃないですか」

まったく、すぐにこうなるんだから！

俺がやれやれとため息をつくと、ロウガさんは気を取り直すように咳払《せきばら》いをした。

彼は先ほどまでとは違って、ひどく険しい表情をして語る。

「とにかくだ。そうしてペアを組んだ俺たちは、噂のあった四番迷宮へと潜った。そこで遭遇したんだよ、緋眼の牡牛とな」

「会ったんですか……!?」

「ああ、あの日のことは今でもよく覚えてるぜ。四番迷宮に潜った帰り道のことだった。その日は魔物の数が多かったから、いつもより早めに切り上げたんだが……そこで奴が現れたんだよ。あの血に濡《ぬ》れたみたいな眼は、今でも忘れられねえ」

ロウガさんの声が微《かす》かに震えた。

それと同時に、彼の額から脂汗が噴き出す。

「俺たちは奴と戦ったが、はっきり言って勝負にならなかった。通常種のミノタウロスは、せいぜいDランクの上位ぐらいだ。当時の俺たちでも、余裕を持って倒せる範囲さ。だが奴は、力の底が見えなかった」

「今のロウガからしても、強いんですか？」

「ああ。いまだに勝てる気はしないな」

「そんなのから、いったいどうやって逃げたのさ？」

「……アタシが転移の宝玉を使ったのさ。それで命からがら、迷宮を出たってわけ」

「ま、その利用料をキッチリ請求されたせいで俺は破産寸前になったんだけどな」

「しょうがないだろう？　あれは借り物だったんだから。アタシだって素寒貧《すかんぴん》になったよ。だいたいあの時のアタシに金がなかったこと、よく知ってただろ？」

「そうなんだが、普通請求するか？」

またもや言い争いを始めるロウガさんとラーナさん。

なるほど、そういうわけだったのか。

当時のロウガさんたちに何があったのか、おおよその全体像が摑めてきたな。

仕方のなかったこととはいえ、敗北と手痛い出費が仲違《なかたが》いの原因のようだ。

「……でまあ、その後も牡牛の目撃例は相次いだけどさ。奴はどういう原理か、まったく痕跡を残さない魔物でね。ギルドの調査では存在する証拠を摑めなかった。そうこうしてるうちに動乱期が終わって、いつしか噂も消えちまったのさ。ギルドから商会に主体が移る時に、資料とかもいろいろなくなっちまったみたいだしね」

「なるほど、痕跡を残さない魔物……」

「だが、奴は存在する。それだけは確かだ」

そうつぶやくロウガさんの顔は、いつになく真剣なものであった――。


――○●○――


「本当に、第七で良かったんですか……？」

その日の夕方。

ラーナさんと別れた俺たちは、さっそく第七迷宮へと移動していた。

初心者向けの第三にしようかとも思ったのだが、ロウガさんが第七でいいと言ったのだ。

「ああ、第七からの方がいい」

「でも、ラーナさんは俺たちのランクを知っても第三からって言ってましたよね?」

「おいおい。俺よりあの女のことを信用するのか?」

ロウガさんにそう言われてしまうと、俺も返す言葉がなかった。

いくらベテラン探索者の言葉とは言え、仲間の言葉より信じるわけにも行くまい。

そもそも、俺たちの実力をよく知っているのはロウガさんの方だしね。

「ジークやライザが第三なんかに入ったら、他の連中に迷惑だよ。むしろ、第七でも足りないぐらいだ」

「そうですかねえ?」

「相変わらず自信のない奴だな。絶対に大丈夫だ、俺が保証する!」

ドーンと胸を張るロウガさん。

何だろう、ラーナさんと張り合って少し意地になっていないだろうか?

いつもより自信満々なその態度が、逆に何となく不安だ。

「あれですか?」

やがて通りの先に、小さな広場が見えてきた。

その中心には石でできた祠《ほこら》のような建物があり、ぽっかりと穴が開いている。

どうやらここが、迷宮の入口のようだ。

祠の表面には、文字のようにも絵のようにも見える不思議な文様が刻まれている。

神様が造ったという伝説も、まんざら嘘ではないのかもしれない。

「なるほど、嫌な風だ」

地底へと延びる薄暗い石組の通路。

そこから吹き上がってくる風に、ライザ姉さんは眼を細めた。

湿気と黴《かび》の匂《にお》いを孕《はら》んだそれは、微弱ながら肌を痺《しび》れさせるような刺激があった。

瘴気《しょうき》ではないが、それと似たようなものを含んでいるようだ。

「この第七迷宮に出てくるのは、EランクからDランクの魔物がほとんどだ。だが、くれぐれも気は抜くんじゃねえぞ。迷宮はそれ自体が魔物みたいなもんだからな。油断してると食われちまう」

「至言だな。ならば、私も全力で行くか」

「……いや、ライザは全力でなくていい」

ロウガさんのつぶやきに同調して、クルタさんやニノさんも黙って頷いた。

姉さんが本気を出したら、迷宮の床をぶち抜くとかやらかしそうだからなぁ……。

目立ちたくない状況で、それは勘弁してほしい。

「念のため言っておくけど、ジークもやり過ぎたらダメだからね？」

「ああ、お前も全力を出したら駄目なやつだ」

「え？」

「……相変わらず、自覚がないですね。ライザさんといい勝負です」

やれやれと手厳しいことを言ってくるニノさん。

いくら何でも、姉さんほどってことはないと思うんだけどなぁ。

あのハチャメチャぶりと比べたら、俺なんて可愛《かわい》いものだろう。

単純な強さで考えても、ライザ姉さんの半分ぐらいだと思うぞ。

「……そのなんだ、とにかく先へ行くぞ。夜まであまり時間もないしな」

困ったように会話を区切ると、そのまま迷宮の中へと下りていくロウガさん。

彼の後に続いて進むこと数十分。

通路の曲がり角に差し掛かったところで、人骨の兵士が姿を現した。

彷徨《さまよ》える亡霊の兵、スケルトンである。

元は冒険者だったのであろうか、年季の入った軽鎧を着て短剣を手にしている。

俺たちも死んだらこうなるのだろうかと、ちょっと考えさせられるな。

「まずはボクからやろうか」

「援護はいりますか？」

「平気、一人でやってみる」

そう言うと、クルタさんは腰に差していた短剣を抜いた。
そしてそれを、手に馴染《なじ》ませるようにくるくると回転させる。
手慣れたその様は、さながら奇術師か何かのようであった。
「いくよ！」
ウォーミングアップを終えたところで、クルタさんは一気に前傾姿勢を取った。
彼女は瞬く間にスケルトンとの距離を詰めると、その首を刈り取る。
関節の間に入り込んだ刃が、抵抗なく頭と胴体を切り離した。
骨格の隙《すき》をついた神業。
流石、Aランクは伊達ではないと言ったところだろう。
しかしその直後――。
「おっと⁉」
クルタさんの頰を矢が掠《かす》めた。
いつの間にか、曲がり角の向こうから弓を構えたスケルトンがこちらを覗《のぞ》いている。
クルタさんが攻撃を終えた隙を突き、仕掛けてきたようだ。
魔物らしからぬなかなかの連携である。
「なるほど、これは外じゃあんまりないかも……わわっ！」
不意打ちに対しても、冷静に対処しようとしたクルタさん。

しかしここで、床からいきなり剣が迫《せ》り出してきた。

まずい、罠《わな》だ!!

突然のことに俺たちは肝《きも》を冷やしたが、クルタさんは即座に身体を捻って回避した。

切っ先が軽鎧を撫《な》で、スウッと白い傷をつける。

まさしく間一髪、危ないところだった。

「ちっ！　もうあったまきた！」

クルタさんは軽く舌打ちをすると、腕をしならせ短剣を投げた。

見事な放物線を描きながら、短剣はたちまちスケルトンの頭へと吸い込まれていく。

カシャンッと軽い音。

スケルトンの額がたちまち砕け、地面へと倒れる。

その様子を確認したクルタさんは、すぐさま曲がり角の向こうを確認した。

「……よし、もういないみたいだね」

「お姉さま、ケガは!?」

「へーき、鎧《よろい》にちょっと傷がついただけ。これ、磨けば消せるかな？」

そう言って笑うクルタさんだったが、その眼は真剣そのものだった。

迷宮の危険性について、肌で実感したようである。

あともう少しで、身体に剣が刺さるところだったのだから無理もない。

見ていた俺たちでも、ちょっとびっくりしたからなぁ。

「ま、迷宮のヤバさがこれでわかっただろう？」

「わかっていたなら止めてください。お姉さまが怪我《けが》でもしたら……」

「いざとなったら介入するつもりだったさ。それにクルタなら、ヒヤッとはしても大事にはならんだろう」

ロウガさんにそう言われ、ニノさんは渋々ながらも納得したように頷いた。

どれほど口で言っても、実感してみないとわからないことは多いからな。

ロウガさんの判断はそれほど間違っていないと思ったのだろう。

……クルタさんを危ない目に合わせたことについては、まだ大いに不満があるようだが。

「とりあえず、次からは私が罠の探索しましょう。これでいろいろマシになるはずです」

「それなら、ノアが魔力探知をした方がいいのではないか？」

「いえ、先ほどの罠は魔力を使わない仕掛けでした。こういったものについては、私の方が向いています」

「なるほど。じゃあ、俺は魔物を探知しますね」

そう言うと俺は、すぐに魔力を練ってそれを押し広げた。

するとたちまち、数十もの魔物の影が浮かび上がってくる。

大した魔物ではないが、この数はすごいな。

密度だけで言えば、境界の森にも負けないかもしれない。

「ん?」

「どうした?」

「いま一瞬、凄い魔力が反応したような……」

ほんの一瞬のことだが、迷宮の壁の裏側を巨大な魔力が通ったような感覚があった。

この迷宮に、そんなに強いモンスターがいるわけないのだけれど……。

まして壁の裏側なんて、そもそも通路が存在していない。

するとロウガさんは、首を傾げた俺を見て笑いながら言う。

「そりゃ、迷宮は生きてるからな。血液みたいに魔力が循環してるんだ。それに反応しただけだろう」

「ああ、なるほど」

「とりあえず、先へ進もう。まだ三か月近くあるとはいえ、早いとこ迷宮になれないとな」

「そうですね、ファム姉さんの指定した迷宮はかなりの難関みたいですし……」

「十二番の奥に、教団関係者だけが入れる隠し通路があるって話だろ? あそこは第一級の危険地区だからな、ここたは比べ物にならんぜ」

ロウガさんの言葉で、改めて気を引き締める俺。

こうして俺たち五人は、ゆっくりと迷宮の奥へ進むのであった。

閑話

第五回お姉ちゃん会議

ところ変わって、ヴェルヘン中心部のとある屋敷。

王都から馬車を次々と乗り継ぎ、ようやくここに到着したアエリアは疲労困憊《ひろうこんぱい》であった。

馬車での長旅、しかも出立前は連日徹夜続きだったのである。

いくらタフな彼女といえども、疲れて当然だ。

しかし、アエリアは執務室の机に着席するや否《いな》や水晶球のスイッチを入れた。

たちまち、ライザを除く姉妹たち四人の姿が壁に映し出される。

第五回お姉ちゃん会議の始まりだ。

「それで、ノアたちがヴェルヘンに向かったのは間違いないですのね？」

「ええ、そうなるように仕向けましたから」

アエリアの問いかけに、余裕の笑みを浮かべるファム。

ヴェルヘンに向かうように、ノアに試練を与えたのは彼女である。

「ヴェルヘンは商会の一大拠点。わたくしにとっては、庭も同然ですわ。ノアが捕まるのも時間の問題ですわね」

アエリアはそう言って笑うと、お疲れ様とファムを労《ねぎら》った。

一方、横目でそれを見ていたシエルとエクレシアは何とも訝《いぶか》しげな顔をしている。

街に誘い込んだところで、首尾よくノアを連れ戻すことができるのか。

今までに三名もの姉妹たちが失敗している以上、楽観視することはできなかった。

「何か連れ戻す策はあるの？　ライザがついている以上、力ずくってわけにもいかないわよ」

「それについては考えがありますわ。ファムは聖剣を手に入れることを冒険者を続けるための条件としたのでしょう？　でしたら、上手《うま》くそれを妨害すればいいんですのよ」

「妨害するって、ひょっとして商会の権利で立ち入り禁止とか？　確か十二番って、商会の管理してるとこだったわよね？」

「大人げない」

姉弟の仁義なき戦いとは言え、流石《さすが》にそれは陰湿すぎるのではないか。

非難するかのように渋い顔をした二人に、アエリアはわかってないとばかりに肩をすくめた。

そして瞳《ひとみ》の奥で炎を燃やしながら、拳《こぶし》を振り上げて言う。

「もはややり方を選んでいる場合ではありませんことよ！　だいたいシエル、あなたたちが失敗したのが事の発端ではありませんの？」

「それは、ライザがノアの側についていたからで……」

「それは言い訳にすぎませんわ。わたくしならば、たとえライザが居ようともノアを連れ戻し

ますとも」

「けど、セコイ手を使ってライザが暴《あば》れたらどうするのよ？」

剣聖ライザの武力は、個人で大国の騎士団にも匹敵《ひってき》する。

それがもし暴れ出《だ》したら、ノアを連れ帰ることは非常に困難になるだろう。

賢者と呼ばれ絶大な魔力を誇るシエルですら、ライザとの直接対決は避けたぐらいなのだ。

商才と知恵はあれど、武力を持たないアエリアにどうにかできる相手とも思えない。

しかしアエリアは、扇で口元を押さえて優雅な笑みを浮かべる。

「それについては心配ありませんわ。ライザを抑える方法は、いろいろとありますもの」

「……アエリア姉さんがそういうと、何だか洒落《しゃれ》にならないわね」

「えげつない弱み握ってそう」

「わたくし、ライザには怒ってますからね。ふふふ……」

ぶつぶつと「一人だけずるい」や「抜け駆けは禁止と言いましたのに……」とつぶやくアエリア。

その身体からは、黒々としたオーラが溢《あふ》れ出していた。

ノアが家を飛び出し、冒険者となってからはや半年近く。

その間にアエリアが蓄えたストレスが、澱《よど》みとなって噴き出しているかのようである。

――これはヤバイ！

映像越しではあるが、彼女からただならぬものを感じたシエルとエクレシア。

二人は思わず、アエリアの姿が映されている壁からそっと距離を取る。

「……ライザはいいとして。ノア自身が問題」

「あー、確かに。ライザはいろいろ抜けてるけど、ノアはそうじゃないからね」

しっかり者のように見えて、いろいろと抜けていて隙《すき》の多いライザ。

一方で、ノアは気弱そうに見えて何でも卒なくこなして隙は無い。

ライザの弱点を握ることはできても、ノアの弱点を握って無力化することは極《きわ》めて困難だろう。

そして、ライザほどではないがノア自身の戦闘力も非常に高い。

力ずくでどうにかするということは、アエリアにはおよそ不可能なはずだった。

商会の力で兵を雇ったとしても厳しい。

「それについても心配ありませんわ。このヴェルヘンにはあれがありますもの。いざという時には使うまでですわ」

「あれ？　あの街に、役に立ちそうなものなんてあった？」

「シエルにも開発を手伝ってもらったじゃありませんの。忘れましたの？」

「ん……？　それってまさか……」

たまらず顔を引き攣《つ》らせるシエル。

アエリアはいったい、何を引っ張り出そうとしているのであろうか。

そのあまりの様子に、エクレシアが首を傾《かし》げて尋ねる。

「そんなにヤバい？」

「私の想像したやつならね。アエリア、あなた本当にあれを動かす気なの？」

「いざとなれば、ですわ」

「けど、あれ使ったらヴェルヘンがヤバいんじゃないの？　それにあれって、魔石をドカ食いするから燃料費がとんでもないとか……」

「全力で動かしたら、一日で国が傾《かたむ》きますわね」

さらりととんでもないことを言い出したアエリア。

ファムが聖軍を召集するといった際には、流石に大袈裟すぎると反対した彼女であったのだが……。

いま彼女自身が言っていることも十二分に大袈裟であった。

ノアと離れていた期間が長すぎて、感覚がいろいろと麻痺《まひ》しつつあるのかもしれない。

シエルはやれやれとため息をつくと、真剣な顔で忠告する。

「……アエリア、流石にヴェルヘンを滅ぼしたりしないでよ？」

「大事な拠点ですもの、善処しますわ」

「そこは必ず滅ぼさないって言いなさいよ……」

「ノアを連れ戻すためならば、私は手段を選びませんわ。そのために必要な犠牲ならば……ね？」

そう言ってウィンクをすると、アエリアはおもむろに椅子から立ち上がった。

そして窓の外を見ると、ヴェルヘンの街並みを見下ろして高らかに宣言する。

「ノア、待っていなさい。このわたくしが、直々にあなたを連れ戻しますわ」

第二話

姉の絶技と驚愕の探索者

「ここを突破すれば、いよいよボスの間だな」

第七迷宮に入ってはや三時間ほど。

俺《おれ》の魔力探知とニノさんの探索を頼りに、俺たちは順調に奥へと進んでいた。

もとより、こちらの戦闘力は基準を大きく上回っているのである。

油断は禁物だが、きちんと注意して進めばうまくいかないはずはなかった。

加えて、第七迷宮の表層部は広さもそこまでではない。

戦闘に時間がかからなければ、抜けるのは簡単なのだ。

「ここのボスは、どんな魔物でしたっけ？」

「オーガスケルトンだ。その名の通り、オーガのスケルトンだな」

「初めての魔物ですね」

「ボクは前に戦ったことあるけど、結構やっかいな奴だよ。力が強いくせに、骨だから軽くて速いんだよね」

なるほど、オーガの力強さとスケルトンの身軽さを兼ね備えているというわけか。

ボスというだけあって、他のモンスターとは比べ物にならない強敵のようだ。

とはいっても、オーガ自体がDランクの魔物である。

いくらか強化されていたとしても、Cランクといったところか。

「確か、ボスを倒すとショートカットができるようになるんでしたっけ？」

「ああ。次からは転移門でボスの次の階層まで飛べるようになる」

「ほかに、下層のボスの場合は倒すと特別な遺物が手に入ったりするんだよね？」

「そうだ、よく知ってるな」

「ま、勉強してきたから」

得意げに胸を張るクルタさん。

流石《さすが》はAランク冒険者、事前調査もしっかりしているらしい。

するとロウガさんは、笑いながら言う。

「ジークのためだもんな。そら、気合も入るってわけか」

「ロウガ！　余計なこと言わないでよ！」

「……言っておくが、私は認めないぞ」

「むむむ、そうじゃないけど認めてほしいな！」

姉さんとクルタさんの間で、またもや妙な空気が漂い始めた。

ダンジョンの中だというのに、お構いなしである。

見かねたニノさんが、周囲を見渡して話題を変えるように言う。

「そう言えば、先ほどからあまりモンスターが出てませんね。ひょっとして、どこかに集まってたりしませんか？」

「うーん、俺の魔力探知にも引っかかってないですね」

先ほども言った通り、第七迷宮はそれほど広い迷宮ではない。

俺はフロア全体に魔力の膜を押し広げるが、モンスターの反応はまばらだった。

最初に連携を組んで攻め立ててきたのが嘘《うそ》のようである。

「確かにちょっと少ないな。こういう時は注意した方がいい」

「長年の勘ってやつか？」

「ああ。念のためだが、ライザも警戒してくれ」

ロウガさんにそう言われ、姉さんは腰の剣に手を掛けた。

緊張感が高まり、自然と空気が張り詰める。

それに合わせるかのように、ニノさんとクルタさんも武器を構えた。

「……迷宮ってのは、独立しているようでいろいろ連動しててな。一つの迷宮で動乱期が始まると、他でも異変が発生することも稀《まれ》にあるらしい」

「ということは、新しい迷宮が出現したこの状況だと……」

「何かあっても不思議じゃねえな」

凝り固まった雰囲気をほぐすように、ロウガさんは笑みを浮かべた。

これが経験に裏打ちされた大人の男の余裕って奴《やつ》なのだろうか。

俺も彼につられて笑みを浮かべると、さらに迷宮の奥へと歩を進めた。

そして――。

「こりゃ厄介だな」

「……大きいですね。これはひょっとして、巨人の骨？」

「かもな、他にもいろいろ混ざってそうだ」

「なんだかちょっと、気持ち悪いなぁ……」

重厚な扉の先に広がっていた大空間。

そこで待ち受けていたのは、人の五倍ほどはありそうな骨の巨人であった。

オーガと比べてもはるかに大きく、その骨格には様々なモンスターの特徴が見え隠れする。

大きく尖《とが》った肩甲骨、捻《ね》じれて突き出した角、剣を思わせる牙《きば》、とぐろを巻く尾椎《びつい》……。

いろいろなモンスターの良いところだけを集めて組み上げたかのようだ。

大きさからして、骨格のベースは巨人族だろうか。

「よし、ここは私がやろう。この程度の相手、両断してくれる」

そう言って、ライザ姉さんが一歩前へと進み出た。

彼女は剣に手を掛けると、刹那《せつな》のうちに斬撃を放つ。

あまりの早さに、いつ剣を抜いたのかわからないほどだった。

吹き抜ける風、駆け抜ける真空の刃。

巨大な骨の塊が、瞬く間に二つに割れる。

「クオオオォッ‼」

骨らしからぬ、生々しい断末魔が空間を揺らした。

その直後、乾いた音と共に頭蓋骨が地に堕《お》ちる。

流石は剣聖、流石はライザ姉さん。

未知の強敵を相手にしたというのに、あっという間に決着がついてしまった。

あの雰囲気からすると、Ｂランクはありそうだったのになぁ。

「大したことなかったね」

「そりゃ、ライザが相手だったらそうもなるだろう」

あまりにあっさりと決着がついたため、拍子抜けしたようにつぶやくクルタさんたち。

一方で、姉さんはまだ剣を収めない。

「……いや、まだ粘るみたいだ」

「そのようだな」

俺とライザ姉さんが言葉を交わした直後、スケルトンが再び起き上がった。

魔力の流れがまったく衰えていないので、こうなるだろうとは思っていたが……。

やはり、かなり強力な再生能力があるようだ。

砕けてしまった骨を捨て、無事だった部分だけで身体を再構成している。

「全身バラバラにするしかなさそうだな」

「俺がやろうか？　こいつ、剣だと倒しづらいタイプみたいだ」

「平気だ、この程度ならばやれる」

そう答えると同時に、ライザ姉さんの猛攻が始まった。

幾重にも重なる斬撃が、瞬く間に骨を砕きスケルトンの巨軀《きょく》を削っていく。

しかし、敵もさるもの。

骨が本格的に不足し始めると、どこからともなく補充されていく。

蓄えた魔力と迷宮内の瘴気《しょうき》を利用して、骨を生成しているようであった。

「これじゃ、いくらやってもキリがないね……」

「やはり、ライザとは相性《あいしょう》の悪い相手みたいだな」

眉《まゆ》を顰《ひそ》め、困った顔をするクルタさんたち。

しかしここで、急に姉さんが笑い始める。

「斬《き》っても斬っても再生する相手への対策は、既に考えてある」

「え？」

「この間のスライム、あれに負けたのは屈辱だったからな。私の方でも、いろいろ考えていたのだ」
そうつぶやくと、姉さんは剣を鞘《さや》に収めた。
いったい何をするつもりなのか。
俺たちが疑問に思っていると、彼女はゆっくりと瞼《まぶた》を閉じる。
――沈黙。
周囲からにわかに音が消え、空気が張り詰めた。
そして――。
「魔裂斬ッ!!!!」
抜剣。
神速で振り抜かれる刃。
そこからたちまち、見えない何かが宙を駆け抜けた。
そして姉さんが剣を鞘に収めると同時に、スケルトンの身体が崩れ落ちる。
これは……魔力の流れそのものを断ち切ったのか？
スケルトンは再生することができず、無様にのたうち回る。
「私はもう負けん」
そうつぶやく姉さんの口調は、いつになく自信に満ちていた。

「すごい……！　こんなのいつの間に覚えたのさ⁉」

魔力の流れを切るなんて、驚くほど高度な技である。

流石のライザ姉さんでも、一朝一夕に習得できるものとは思えない。

俺たちが知らない間に、過酷な修行でも積んでいたのだろうか？

そう思って尋ねると、姉さんは実にあっけらかんとした顔でこう答えた。

「何、寝る時間を少し削っただけだ」

「少しって、どのぐらい？」

「そうだな、ここ最近は……一週間で五時間ほど寝ているな」

一日ではなく、一週間で五時間？

それって一日一時間を切ってるじゃないか！

よくもまあ、それだけの睡眠時間で平然としていられるものだ。

普通なら倒れているというか、そもそも生きていけるかさえ怪しいと思う。

……本当に姉さんって、人間なのかな？

「いくら何でも修行しすぎです。身体を壊しますよ？」

「ふ、この私がその程度のことでどうにかなると思うか？」

「……この前、アルカと決着がつかなかったのって。寝不足だったからじゃないんですか？」

俺にそう言われて、姉さんはビクッと肩を震わせた。

本当に、嘘をつくのが下手な人である。

彼女はひどく不器用な笑みを浮かべながら、首をぶんぶんと横に振る。

「そ、そんなわけないだろう！　剣聖たる者が寝不足で全力を出せないなどありえん！」

「本当にそうですか……？」

いかに相手が魔族の大幹部とはいえ、ライザ姉さんは剣聖である。

あそこまで苦戦しなくても、勝負はつけられたんじゃないか？

「……それより、ノアもこの技を覚えないか？　何かと役に立つだろう」

俺が疑惑の眼差《まなざ》しを向けると、姉さんはそれとなく話をそらしてきた。

しかし、この技を身に付ければ何かと役立ちそうではある。

俺の使っている黒剣は魔力を吸収することができるが、魔力の流れそのものを断つことまではできない。

もしこの剣技が使えれば、戦闘の幅が広くなることは間違いないだろう。

「確かに……便利そうですね」

「だろう？　久々に私が稽古をつけてやろう」

「それはありがたいですけど、姉さん……ちゃんと教えられますか？」

「ん？」

「だって、かなり高度な技だよね？　いつもみたいに『グッとしてガッだ！』とか言われても理解できないというか……」

　姉さんの訓練は、いつもこうなのである。

　擬音語がやたら多くて、何をすればいいのか結局よくわからないんだよな……。

　そのせいでどうにも捗《はかど》らないのだが、それを言うと怒りだすし。

　感覚派の天才ゆえなのだろうけれど、正直困ったものなのである。

　すると困り顔をした俺を見て、姉さんはムッと頬《ほお》を膨らませる。

「仕方ないだろう、そうとしか例えようがないのだから！」

「いや、姉さんが例え下手なだけだって！」

「何だと⁉　剣聖であるこの姉に向かってケチをつけるのか⁉」

「そうじゃないけど……」

「まあまあ、二人とも落ち着け！　それはあとにして、先に考えないといけないことがあるだろう？」

　そう言うと、ロウガさんは床に転がっていた魔石を拾い上げた。

　燃えるように紅《あか》く輝くそれは、赤子の頭ほどの大きさがあった。

　その内側では強い魔力が渦を巻き、オーラのようなものを放っている。

「この魔石のデカさからして、いま倒したモンスターは間違いなくAランク以上だ。これを商会やギルドにどうやって報告する？」

「……その魔石を、こっそり持っておくというのは？」

あまり良くないことだと自覚はあるのか、小声で尋ねるニノさん。

するとロウガさんは、ダメだと首を横に振る。

「迷宮に変化が起きてるんだ。これを報告しないわけにもいかないだろう。後から入るパーティが危険にさらされることにもなるしな」

「ですよね……」

「だが、これを報告すると間違いなく目立つな」

腕組みをして、渋い顔をするライザ姉さん。

確かに、こんな報告をしたら俺たちは間違いなく注目の的となるだろう。

アエリア姉さんに見つけてくれと言っているようなものである。

この街に滞在する以上、そのうち見つかるのは時間の問題だろうけれど……。

流石に、初日のうちに騒ぎを起こすのは避けたいところだ。

「どうする？　放置するわけにもいかないとなると……」

「誰《だれ》かに代理を頼むとかですかね？」

「あー、そうすればいっか！」

俺の提案に、クルタさんはポンと手をついた。

俺たちの知り合いで、こんなことを頼める人というと……。

当然ながらあの人しかいないだろう。

その顔を思い浮かべたのか、ロウガさんは露骨に渋い顔をする。

「……仕方ねえな。俺が頭を下げるか」

「お願いします。たぶん、ロウガさんしか無理なので」

「あとで一杯奢《おご》れよ」

そう言うと、ロウガさんは魔石を懐《ふところ》へとしまい込んだ。

それにタイミングを合わせたかのように、広場の床がぼんやりと輝き始める。

やがて光が交錯し、大きな魔法陣が姿を現した。

そしてその上に揺らめく光の輪のようなものが現れる。

どうやらこれが、ボスを倒した後に出現するという転移門らしい。

「これで外に出られる。で、次に来るときはこの下の階層からスタートだ」

「この場所にはつながらないんですか？」

「ああ。そうなっている」

なるほど、実に便利なものである。

シエル姉さんあたりが見たら喜びそうだな……。

どうにか、構造の解析とかできないものだろうか。

興味を持った俺が魔力探知をしようとすると、ここでまたしても妙な反応が引っかかる。

「ん？　なんだ……？」

「どうした？」

「いえ、また妙な魔力がこの床の下を通っていったような……」

「転移門の影響じゃねえか？」

「んー、そうですよね」

再び魔力探知をするものの、今度は妙な反応など全くなかった。

やはり、転移門の展開に際して一時的に魔力が流れていただけだろう。

俺はそう結論付けると、ロウガさんの後に続いてゆっくりと転移門をくぐった。

たちまち景色が歪《ゆが》み、独特の浮遊感が襲ってくる。

そして――。

「よし、ついたな」

気が付けば、俺たちは七番迷宮の入り口である祠《ほこら》の前に立っていた。

本当に一瞬の出来事である。

さて、夜が更けてくる前に早いとこあの人に合わないとな。

俺がそっと目を向けると、ロウガさんはやれやれと頭を掻《か》いて言う。

「……ったく。俺がラーナにまた頭下げるなんて、思いもよらなかったぜ」

こうして俺たちは、ラーナさんがいるであろう商会の酒場を目指すのだった。


——○●○——


「いくらあいつがいるとはいえ、初心者が第七なんて大丈夫なのかねえ……」

商会に併設されている酒場。

普段より早く仕事を切り上げたラーナは、そこでちびりちびりと酒を舐《な》めていた。

喧嘩《けんか》別れに近い状態であったとはいえ、ロウガとは昔馴染《なじ》みである。

再会した彼とその仲間のことが気になって、彼女は何となく仕事が手につかなかった。

元より、働くも働かないも自分次第の探索者稼業。

ふわふわした気分でダンジョンに潜るよりはと、思い切って早めに切り上げてしまったのである。

「様子を見に行っただけにしては、遅いね」

ふと窓の外を見やれば、いつの間にか日が落ちていた。

仕事を終えた探索者たちで、次第に酒場も賑《にぎ》わってきている。

普通、初日の肩慣らしならばほんの数時間で終わるもの。

順調に行ったからと言って、探索のしすぎはかえって危険である。

そのぐらいのことは、ロウガも知っているはずなのだが……。

ラーナはどうにも悪い予感がした。

「あいつ、アタシを驚かせようとでもしてるのかね」

十年以上も前、ラーナとロウガがペアで活動していた頃。

ロウガは意地を張って何かと無理をすることがあった。

もしかして、今日もそうなのだろうか。

迷宮に慣れない初心者を連れて、それはあまりにも危険なのだが……。

ラーナがああだこうだと思いを巡らせていると、帰還する探索者たちに交じってスウッと見覚えのある男が現れる。

「……ロウガ。あんた、初日からずいぶんと飛ばしてるね」

「まあな。今日でボスまで倒してきた」

「……ん？」

ロウガの言葉を、ラーナは瞬時に理解できなかった。

やがて言葉をかみ砕いた彼女は、ぶっと吹き出してしまう。

いくらロウガが引率しているとはいえ、たった一日でボスまで攻略するのはまずありえない。

最大限に頑張って、ボスの間の手前ぐらいだ。

「ははは、吹かすのもたいがいにしな！」

「そんなことで嘘ついてどうする、本当だ」

「じゃあ、魔石があるのかい？」

「ああ。だがな、その……。ここだと見せられない。外に出てくれ」

周囲の視線を窺《うかが》いながら、小声で囁《ささや》くロウガ。

それを聞いたラーナは、ははんと何かを察したように笑う。

「あんた、アタシを誘う気かい？　ったく、妙な手を使っちゃって」

「はぁ？　今さら誰がお前みたいな年増《としま》と……」

「……おい、誰が年増だって？　アタシはまだ二十代だよ！　それを言うなら、アンタこそオッサンだろ！」

「何を⁉　俺はまだ、お兄さんだ！」

くだらない言い争いを始めてしまうロウガとラーナ。

外からそれを見ていたらしいジークが、慌ててその間に割って入る。

「落ち着いてください！　その、ここだとダメな理由があるんですよ」

「……よくわからないけど、結構真面目《まじめ》な用件みたいだね？」

「ええ、すっごく真面目です」

ジークがそう言うと、ラーナはふんふんと頷《うなず》きを返した。

そして、けだるいため息をこぼしながらゆっくりと立ち上がる。

「どれ、見てあげようかね」

こうして、人目につかない路地裏まで案内されたラーナ。

そこでオーガスケルトンの魔石を見せられた彼女は——。

「え、えええええっ‼⁇」

落ち着いた外見からは似合わない、素《す》っ頓狂《とんきょう》な叫びをあげるのだった。

◯●◯

「……びっくりしたよ。あんたら、本当に強いんだねぇ！」

心底驚いたような顔で告げるラーナさん。

初心者がいきなりあんな魔石を見せたら、そりゃこうもなるよなぁ……。

むしろ、マイナスの反応を示されなかっただけ良いだろう。

嘘だとか言われたら、話がいろいろとややこしくなっただろうから。

そこは、付き合いの長いロウガさんの信用があったおかげだろうか。

「にしても、良かったのかい？　アタシがアンタたちの名誉を貰《もら》ったみたいになっちゃったけど」

「それはもう、むしろどんどん貰っちゃってください！」

「え？」

「ボクたち、ちょっと事情があって目立てないんだよね」

「ああ。アエリアに見つかるわけには……」

「姉さん！」

慌てて口を押えるライザ姉さん。

危ない危ない、あともうちょっとでとんでもないことになるとこだった。

この街でアエリア姉さんの名前なんて出したら、どうなることか。

ここから騒ぎが広がりかねない。

「よくわからないけど、結構な訳ありみたいだね？」

「……そういうことです」

「ま、この街にはそういうやつも多いからね。アタシはそんなに気にしないよ」

そう言って、カラカラと笑うラーナさん。

器が大きいというか、豪快というか。

何ともはや気《き》っ風《ぷ》のいい人である。

かつてのロウガさんも、そういうところに惹《ひ》かれて仲間になったのだろうか。

「けど、アンタたちの事情はともかくとして。第七の表層でそこまで強大な魔物が出るなんて、よっぽどだよ」

「そうだな。この調子だと、牡牛《おうし》も出るかもしれない」

「呆《あき》れた。アンタ、ヤツが目当てで来たわけじゃないって言ってたじゃないか」

「口にしただけだ。戦うつもりはない」

過去に戦ったことをよほど後悔しているのだろう。

ロウガさんの声は低く、嫌なことを思い出したとでも言わんばかりだ。

しかし一方で、ラーナさんの方はどこか前向きで楽しげな顔をする。

「アタシの方はそうだねえ……。ヤツと再戦するつもりだよ」

「正気か？　多少は腕を上げたのかもしれんが、それで勝てるような相手でもねえだろ」

「それぐらいわかってるよ。アタシだって馬鹿《ばか》じゃないんだ、少しは考えってもんがあるのさ」

「ふぅん……。まぁ、お前がどうなろうと俺には関係ないけどな」

「そっちこそ、せっかくすごい仲間がいるんだ。足を引っ張るんじゃないよ」

そう言うと、ラーナさんは魔石の代金を置いて去っていった。

……このまま彼女を放っておいて、果たして大丈夫なのだろうか？

すると俺の心配を察知したらしいロウガさんが、笑いながら言う。

「なに、あいつもいい年だ。そうそう無茶はしないだろう。それに牡牛はそうそう簡単に見つかるような獲物でもないからな」
そう言うと、ポンポンと俺の肩を叩《たた》くロウガさん。
こうしてヴェルヘンの夜は、ゆっくりと更けていくのであった。

第三話　姉と占い師

「ほう、これはこれは……！」

オーガスケルトンの討伐《とうばつ》から、おおよそ二週間ほど。

俺たちは第七迷宮の中層にあるボスの間で、巨大な動く鎧《よろい》と対峙《たいじ》していた。

こいつの名はジェネラルアーマー、この階層を守護するボスモンスターである。

黒地に金の縁取りがなされた重厚な鎧は、歴戦の強者《つわもの》といった風格を漂わせていた。

その足音はズシンと重く、足を踏み下ろすたびに床が微《かす》かに震える。

「コイ！　我ガ騎士タチヨ！」

大剣を床に突き刺し、禍々《まがまが》しい呼び声を発するジェネラルアーマー。

切っ先から黒々とした瘴気が噴き出し、鎧の騎士たちが姿を現す。

将軍の名を冠するだけあって、どうやらこいつは集団戦術を得意とするらしい。

鎧の騎士たちは横並びになって槍《やり》を構えると、一斉突撃を仕掛けてくる。

「これは一風変わった趣だな！　ははは、楽しいではないか！」

「呑気《のんき》なこと言ってる場合じゃないですよ！」

「いったん俺が止める！　お前たちは下がれ！」

ロウガさんは俺たちの一歩前に出ると、腰を落として盾を構えた。

衝突。

騎士たちの穂先が盾に殺到し、火花を散らす。

踏ん張るロウガさんの足が、ズッと重い音を立てて床を擦った。

しかし、流石はBランクのベテラン。

攻撃を見事に受け止め、そこから果敢に攻めへと転じていく。

「どっりゃあああッ!!!!」

気合の踏み込み。

騎士たちの身体がわずかに仰け反り、足が浮く。

よし、今だ!!

俺とクルタさんは視線を交わすと、一気に騎士たちを挟み撃ちにした。

鎧の隙間《すきま》に剣を通し、そのままテコの原理で分解する。

斬撃の通じにくいアーマー系のモンスターを倒すには、これが一番だ。

「まずは二体！」

「ええ！」

勢いそのままに、俺たちは三体目と四体目に取り掛かった。

乱戦で敵が槍の長さを活《い》かせないでいる隙《すき》を突き、懐に潜り込む。

そして兜《かぶと》の隙間から強引に剣を差し入れ――。

「燃えろ！」

剣身に炎の魔力を通し、噴出させる。

たちまち鎧の隙間から火柱が上がり、騎士は声にならない叫びをあげた。

いくら中がガランドウとはいえ、内側から燃やされればひとたまりもないらしい。

黒焦《こ》げた騎士はそのまま床に崩れ落ち、動きを止める。

「オノレ、小童《こわっぱ》ドモガ！」

「させませんよ！」

再び剣を床に突き刺し、配下を呼び出そうとするジェネラルアーマー。

その手に向かって、ニノさんが手裏剣を投げつけた。

炎の魔法が込められたそれは、当たると同時に強烈な爆発《ばくはつ》を起こす。

ジェネラルアーマーの動きが、ほんのわずかにだが止まった。

その隙をついて、これまで様子を見ていたライザ姉さんが一気に躍り出る。

「小癪《こしゃく》ナ！」

しかし、敵も然《さ》る者。

ジェネラルアーマーは即座に体勢を立て直すと、かろうじて姉さんの剣を受け止めた。

大柄なモンスターらしからぬ、軽快な身のこなしである。

これには流石の姉さんも、ほうと感心したようにため息を漏《も》らす。

「なかなか速いな」

「舐メルナ！　我ガ剣技ヲ見セテヤロウ！」

ジェネラルアーマーの方も、ライザ姉さんを強敵と判断したのだろう。

剣の切っ先を下げ、何やら独特の構えを取った。

そして、静かに姉さんを見据えて動きを止める。

あれはひょっとして……反撃の構えか？

前に姉さんから聞かされたことがある。

優れた剣士の中には、相手の技をそっくり何倍もの威力にして返す者がいると。

確か、その時に参考として見せてくれた構えがあれに似ていた。

「姉さん、そいつの構えは――」

「はあああぁッ!!!!」

俺の忠告を聞かないうちに、姉さんは斬撃を放った。

まずい、このままじゃ……!!

俺が危惧するのと同時に、ジェネラルアーマーは剣を振り上げた。

だがしかし……。

「ナヌ⁉」

「私の斬撃を跳ね返そうなど、千年早い！」

「グアアオオオッ‼‼」

受け止めた斬撃の重さに耐えきれず、大剣が折れた。

ジェネラルアーマーはそのままなすすべもなく吹き飛ばされ、壁に叩きつけられる。

黒光りしていた鎧は埃《ほこり》にまみれ、歪んだ鉄塊のようになってしまった。

……流石はライザ姉さん、カウンターを力技で突破してしまうとは。

今折れたあの剣にしても、相当の業物だっただろうに。

「すごい……！　ライザ姉さん、何だかいつもより調子良くないですか？」

「ん？　ああ、そうかもしれんな。最近、運が良いせいか機嫌もいいのだ」

へえ、そりゃちょっと珍しいな。

基本的にライザ姉さんは運があまり良くない。

不幸体質というか、トラブルを引き付けてしまうような性質がある。

それがご機嫌になってしまうほどツイてるなんて、いったい何年ぶりだろうか。

実家にいた頃なんて、だいたい不機嫌だったような記憶があるし。

「この分なら十二番ももうそろそろだな」

「おおお……目的が見えてきましたね」

「十二番はかなり高難易度の迷宮だからな。油断は禁物だぞ」

「なに、この私がいるのだ。恐れることはあるまい」

ドンッと胸を叩くライザ姉さん。

確かに、姉さんがいればモンスターへの備えは万全だろう。

それより問題は……。

「アエリア姉さんが、まだ何もしてこないことなんですよね」

「そりゃ、単にまだ私たちが来たことに気付いてないんじゃないか？」

「そんなわけないでしょう。目立たないようにしてましたけど、あのアエリア姉さんが一か月も何もしてこないなんてありえませんよ」

ここヴェルヘンは、アエリア姉さんにとって庭と言っても過言ではない街である。

フィオーレ商会が生活の隅々にまで入り込んでいて、街のかなりの部分を牛耳っている。

そんなところで一か月も過ごして、アエリア姉さんの耳に情報が入らないわけがない。

絶対に、俺たちの存在に気づいてはいるはずなのだ。

「心配しすぎだ。それに、考えてみればだぞ？　この私がいるのに手出しのしようがないだろう」

「まぁ……力に訴えることは不可能ですよね」

「だろう？　なに、心配することはない」

そう言って笑い飛ばすと、ライザ姉さんは意気揚々と床にできた転移門をくぐっていった。

俺たちもそれに続き、地上へと帰還する。

さて、明日からはいよいよ深層だ。

しっかり休んで、しっかり準備しないとな。

そんなことを思いながら、宿への道を歩いていると……。

「あ、いたいた！　大変ですよ、ライザさん‼」

いつもお世話になっている商会の受付嬢さん。

彼女がライザ姉さんを見るなり、すごい勢いですっ飛んできたのだった――。


―○●○―


「いったい、何があったんです？」

青い顔をしている受付嬢さんに、俺はすぐさま尋ねた。

すると彼女は胸に手を置き、呼吸を整える。

よほど急いできたらしく、制服も乱れてしまっていた。

見た目が第一の受付嬢さんがこんなになるとは、よっぽどの重大事だろう。

「落ち着いてくださいね。その、ライザさんの口座が……凍結されちゃってるんですよ。そのせいで、酒場の飲食代とかいろいろな引き落としが出来なくて、困ってるんです」

「凍結？　何かトラブルでもあったのか？」

「いえそれが……」

口をもごもごとさせながら、何やら言いづらそうにする受付嬢さん。

いったい何があったというのだろう？

ライザ姉さんは怪訝《けげん》な顔をすると、すぐさま受付嬢さんに詰め寄る。

「言ってくれ。何があった？」

「そのですね……借金で差し押さえられちゃってるみたいなんですよ」

「しゃ、借金⁉」

思いもよらない単語に、俺たちは揃《そろ》って声を上げた。

前々から、金銭管理についてはかなりおおざっぱだと思っていたけれど……。

まさかそのようなことになってしまっていたとは。

俺たちが揃って非難の眼差しを向けると、ライザ姉さんはぶんぶんと首を横に振る。

「ありえない！　きっと何かの間違いだ」

「いいえ、間違いありません。きちんと記録が残っています」

「そんなバカな……。むしろ、今ごろは何倍にも増えているはずなのに……！」

……何倍にも増える？

姉さんのつぶやいた不穏なワードに、俺は思わず唸《うな》った。

それってもしかして、質の悪い投資話とかに騙《だま》されたんじゃないか？

俺たちがざわついていると、ライザ姉さんは言い訳するように語り出す。

「その……確実に増えるという話だったんだ！　それに、買わなきゃひどい目に遭うと……」

「確実という時点で、怪しすぎです」

「ええ、投資で確実ってありえないですよ」

「んぐ……!!　そうなのか……？」

「普通はそんな話、相手にしません」

俺がそう言うと、姉さんは唇をかみしめて何とも悔しそうな顔をした。

しっかりしているように見えて、こういうとこは本当に抜けてるんだよなぁ……。

しかし、できてしまったものは仕方がない。

姉さんなら収入も多いことだし、頑張って返してもらうしかないだろう。

「それで……いくらぐらいなんですか？」

「えっと、概算で………」

引き攣《つ》った顔すると、妙に間を置く受付嬢さん。

にわかに緊迫感が高まり、俺はトクンと息を呑《の》んだ。

これは、ひょっとして一億ゴールドとかか？

いや、いくら姉さんが無茶な使い方をしたところでそこまではいかないだろう。

流石に、得体の知れない投資話にそんな何億も突っ込むなんて……。

「三億ぐらいですね」

「三億⁉」

無慈悲に告げた受付嬢さん。

あまりの金額に、俺は腰が抜けそうになってしまった。

クルタさんたちも相当にショックだったのだろう。

揃って目を見開き、あっけにとられたような顔をしている。

「三億って、宿に一生泊まれる金額じゃないですか……」

「うちの家の三倍ぐらいするよ……」

「おいおい、それだけあれば女の子と毎日遊べるじゃねえか」

「ライザ姉さん……いったい何があったんですか？　詳しく説明してください」

流石にこれは、何があったのかを詳しく聞かねばなるまい。

俺たち全員に詰め寄られ、ライザ姉さんは心底困ったような顔をした。

剣聖らしからぬ、何とも弱気な表情である。

やがて彼女は、半泣きになりながら言う。

「そのだな……。占い師に、絶対に儲《もう》かるって魔石の先物取引とやらを勧められたのだ」

「う、占い師……よく信用しましたね……」

「魔法で未来予知はできないって、常識じゃないですか！」

魔法での未来予知は、不可能ではないがそれはもう莫大《ばくだい》なコストがかかる。

特別な才覚を持つ人間が、国家レベルの支援を受けてようやく成し遂げられる偉業だ。

それですら、その年の気候をふんわり占うぐらいがせいぜいである。

そこらの占い師ができるようなことでは決してない。

しかし、姉さんは妙に自信のある様子で言う。

「それが、本当に当たる占い師だったんだ。これを見てくれ」

「何ですか？　その微妙に気味の悪い人形は……」

「でっかい虫？」

姉さんが取り出したのは、小さな芋虫を模したような人形だった。

その顔はやけにいじわるそうで、持っていたら変な物でも呼び込みそうである。

これが、いったいどうしたというのだろうか？

俺たちは首を傾《かし》げるが、姉さんは得意げに胸を張って言う。

「これはな、その占い師からもらった幸運の人形なのだ。ニョッキという！」

「こいつが？　むしろ、不運の人形にしか見えねえぞ」

「失礼なことを言うな。これを手に入れてから、実際にいろいろといいことがあった」

……そう言えば、最近は何かと調子がいいとかさっき言ってたなぁ。

気のせいのように思うけど、何らかの根拠はあるのだろうか？

すかさず、ニノさんが尋ねる。

「どんないいことがあったんですか？」

「そうだな……。財布を拾って礼を貰ったり、くじ引きで一等が当たったり、宿屋の都合で部屋をグレードアップしてもらったり、来場者記念でレストランがタダになったり……」

「ううむ、結構いろいろあったんだな。ちなみに、それを手に入れたのはいつなんだ？」

「一週間ほど前だ」

「一週間でそれは、確かに何かありそうだな」

顎《あご》を擦りながら、困ったようにつぶやくロウガさん。

一週間でそれだけのことが起きたら、人形の効果だと考えるのも不思議ではない。

というより、何らかの働きがなければありえないだろう。

けど、幸運を招く人形なんて果たして存在するのだろうか？

俺はすぐさま魔力探知をしてみるが、特に反応は返ってこなかった。

何かしら、魔法的な力を宿しているわけではないらしい。

「ううーん、ただの人形みたいなんですけどね」

「けど、そこまでの偶然ってあるのかな？」

「ライザ姉さん、もっと詳しく説明してくれませんか？　その占い師にあった日のことや、それから起きたことについて」

「わ、わかった。あれはちょうど、一週間前の夕方だったな……」

こうして、ライザ姉さんはこの一週間の出来事について語り出すのだった――。


――○●○――


時は遡《さかのぼ》り、一週間前のこと。

いつものようにノアたちと探索を終えたライザは、一人で街に繰り出していた。

最近はノアたちと行動を共にすることの多い彼女であるが、もともとは一匹狼《いっぴきおおかみ》のような気質である。

たまには見知らぬ酒場にふらりと立ち入って、ゆったりと一人で酒でも飲みたくなったのだ。

「しかし、ノアの奴もだらしがない。あれぐらいでクタクタになるとは」

まだ迷宮探索に慣れていないせいであろう。

すっかり疲れた様子のノアは、宿に戻ると早々に床についてしまった。

まだまだ体力の有り余っているライザからすると、情けないと言いたくなるところではあるが……。

あまりきつく言いすぎても、また飛び出してしまうかもしれない。

それに――。

「ま、下手に力を持て余して夜遊びされるよりはマシだな」

意気揚々と街へ繰り出すロウガの姿を思い浮かべながら、やれやれとつぶやくライザ。

もういい歳《とし》であるのに、彼は今日も元気がありあまっているようだった。

体力はつけてもらいたいが、ああなってもらっても困る。

ただでさえ、クルタという変な虫がくっついて大変なのだ。

その上、夜遊びでもされたら心配で胃に穴が開いてしまう。

「お？　なかなかいい雰囲気の店だな」

こうして、ライザがあれこれ思案に耽《ふけ》りながら裏路地を歩いていると。

ほんのりと甘い酒の香りが漂ってきた。

見上げれば、ドワーフの 盃《さかずき》 と書かれた看板が目に飛び込んでくる。

名前からして、酒に相当のこだわりがある店のようだった。

店の雰囲気も落ち着いていて、隠れ家という形容がしっくりくる。

その割に、店の周囲は綺麗《きれい》に清掃されていて管理が行き届いていることが窺えた。

「良さそうな店だな。どれ、試してみるか」

「もし、そこのあなた」

いきなり、ライザは後ろから何者かに呼び止められた。

慌てて振り返ると、そこにはフードで顔を隠した怪しげな女が立っていた。

その身体つきはしなやかで、薄衣越しに美しいボディラインが浮かび上がっている。

ひどく魅惑的で、それでいてどこか危うい雰囲気を漂わせていた。

おおよそ真っ当な人種ではなさそうな彼女に、ライザは警戒感をあらわにする。

「私に何の用だ？」

「その店に今入ってはいけません」

「なに？　どういう意味だ？」

「そのままの意味です。今入れば、悪いことが起きますよ」

女がそう告げた直後、ライザの背後で大きな物音がした。

店の看板が外れて、地面に落ちてしまったのだ。

もしあのまま店に入ろうとしていたら、頭をぶつけていたかもしれない。

二つに割れてしまった看板を見て、ライザはふーむと唸る。

これでどうにかなるほど柔な彼女ではないが、予想がぴたりと当たったのは興味深かった。

「貴様、何者だ？　只者《ただもの》ではないようだが」

「私はただのしがない占い師でございます」

「占い？　まさか、それで未来を予知したとでもいうのか？」

「ええ、その通りでございます。予知と言いましても、おぼろげなものではございますが」

にわかには信じがたい話であった。

ライザとて、未来予知がそう簡単にできないことぐらいは知っている。

しかし、この占い師は実際にライザの身に起きることを言い当てていた。

あれがただの偶然だったとも思えない。

あまりにもタイミングが良すぎた。

「あなた様には、いま不吉の影が出ております。このままですと、あなたの大切な人に何かよからぬことが起きるかもしれません」

「大切な人？」

「ええ。これは……男性でしょうか。それも、あなた様よりかなり年下のようですね」

「なっ⁉」

そう言われて、思い当たる人物は一人しかいない。

明らかにノアのことであった。

ここまで正確に言い当てるとは、ますます只者ではない。

ライザは警戒を強めながらも、占い師の話に聞き入る。

「このままですと、あなた方は暗い地の底……これはダンジョンでしょうか。そこで強大な敵と戦い、この少年は大怪我《けが》を……いいえ、ひょっとすると命を落としてしまうかもしれません」

「な、なんだと⁉」

ノアが死ぬかもしれないと聞かされて、にわかにライザの顔色が変わった。

彼女は女の肩を摑《つか》むと、凄《すさ》まじい形相で詰め寄る。

ドラゴンでも逃げ出しそうなその迫力に、女はひっと小さな悲鳴を上げた。

しかしすぐに深呼吸をすると、どうにか平静さを取り戻す。

「お、落ち着いてください。事態を回避する方法はありますから！」

「それを早く言え！　危うく心臓が止まるかと思ったぞ……」

「それを言うならわたくし……こほん、私の方が怖かったですよ」

占い師はそう言うと、懐から小さな人形を取り出した。

芋虫を模したようなそれは、どことなく不気味で近づきたくない気配を醸《かも》していた。

身に着けていると、何か祟《たた》りでもありそうな人形だ。

「これは幸運の人形、ニョッキと言います。これを持てば不幸が回避されることはもちろん、あなたに様々な幸運が訪れることでしょう」

「……こんな人形でか？」

「ニョッキを馬鹿にしてはいけません、罰が当たりますよ！」

「す、すまない。だがなぁ……うーむ……」

予想外に強く否定され、思わず謝ってしまうライザ。

しかし見たところ、このニョッキというのは布で出来たただの人形にしか見えない。

これにそんな特別な力があるとは、にわかには信じられなかった。

こうしてライザが怪訝な顔をしていると、占い師は諭すように言う。

「いきなり信じろと言うのも無理な話でしょう。ですので、ニョッキのお代は特にいただきません」

「いいのか？」

「ええ。代わりに、三日が過ぎたらまたこの場所を訪れてください。その時、またお話をしましょう」

「三日後だな、わかった」

金も何も要らないならばと、了承するライザ。

彼女はニョッキを懐にしまうと、そのまま立ち去ろうとした。

するとここで、占い師は最後に一言告げる。

「そうだ、忘れておりました。今日のことは、できるだけ話さないようにお願いしますね」

「わかった。もとより、このようなこと他言するつもりはない」

そう言って、占い師の元を立ち去るライザ。

本当に幸運なんて訪れるのであろうか？

この時の彼女はまだ、半信半疑であった……。

——○●○——


占い師と出会った翌日。

ジークたちはちょうど、丸一日休暇を取っていた。

ここ一週間ほど、迷宮に潜りっぱなしだったためである。

ライザも久しぶりに、朝から買い物に出かけていた。

「流石は迷宮都市。一級品が揃っているな」

ふらりと立ち寄った武器屋で、剣を手に満足げな表情をするライザ。

探索者たちの集う迷宮都市なだけあって、剣聖である彼女の眼から見ても上質な武器が多かった。

特に、魔石を利用して造られた魔剣には眼を見張るようなものすらある。

魔道具の技術に関しては、この街が一番進んでいるかもしれなかった。

「この短剣はいいな。アダマン鋼に強度向上か」

そんな中、ライザが手にしたのは小ぶりの短剣であった。

青光りするそれは、希少なアダマン鋼にさらに強度向上の魔法を掛けた代物である。

柄には小さな魔石が仕込まれていて、一時的に魔法の出力を上げることもできるようだ。

攻撃の威力に武器が耐えられないことがよくあるライザにとっては、まさにうってつけの装備である。

「ふむ……。三百万か」

値札を見ると、三百万と記されていた。

ライザならば十分に払える金額だが、やはりそれなりに高い。

現在どうしても必要な物というわけではないので、はてさてどうしたものか。

ライザは顎に手を押し当て、しばし逡巡《しゅんじゅん》した。

すると武器屋の店主が揉《も》み手《で》をしながら彼女に近づいてくる。

「お客様、お目が高いですね。それはこの迷宮都市でも一番の工房が手掛けた業物ですよ」

「ほう……」

「今なら特別に、剣を整備するための砥石《といし》をセットにしましょう」

店の奥から大きな砥石を持ってくる店主。

なかなか質の良さそうな石で、買えば十万ほどはしそうな代物であった。

ちょうど砥石も欲しいと思っていたところなので、単純に値引きされるよりも心が動く。

「ううーーん……」

腕組みをして、ますます唸るライザ。

買うのか、買わないのか。

揺れる心情に合わせるが如《ごと》く、彼女の身体もふらりふらりと揺れた。

するとここでライザの胸元《むなもと》から、ポロリと人形が落ちた。

昨日、謎《なぞ》の占い師から譲ってもらったニョッキである。

生真面目《きまじめ》なライザは、占い師に言われた通りにきちんと携帯していたのだ。

「っと、しまった」

慌てて人形を拾い上げるライザ。

するとそれを見た店主の目つきがにわかに変わった。

「……そうだお客様！　大事なことを忘れておりました！」

「んん？」

「お客様は、ちょうど当店を訪れた一万人目のお客様です。ですので、今回のお代は結構でございます！」

「な、なに⁉　本当にいいのか⁉」

あまりに突然のことに、戸惑いを隠せないライザ。

三百万の商品をいきなりタダで良いとは、驚くほどの太っ腹である。

流石に何か裏があるのではないか。

あまり物事を深く考えない質のライザですら、怪しく思った。

しかし店主は、妙にいい笑顔で告げる。

「もちろんですとも！　その砥石も持って行ってください」

「あとで、何か言わないだろうな？　その時は抵抗するぞ？」

眼を細め、軽く凄みを利《き》かせるライザ。

剣聖の威圧に、店主は思わず引き攣った声を上げてしまう。

「そ、そんな脅さなくとも。本当に何も致しませんから」

「ならばよし、貰っていこう！」

「ありがとうございます！　では、今後ともごひいきに！」

こうして、三百万もの価値がある短剣をタダで入手したライザ。

すっかりご機嫌になった彼女は、そのままふらりと目についたレストランに入る。

見るからに高そうな店であったが、せっかく良いことがあったのである。

たまには景気良く祝杯を上げげたい気分だった。

すると――。

「いらっしゃいませ！　当店はただいま、開業三十周年記念キャンペーン中です！」

ライザの姿を見るや否《いな》や、ウェイトレスたちは総出で深々とお辞儀をした。

そのあまりにも恭《うやうや》しい態度に、ライザは逆に引いてしまう。

しかしウェイトレスは戸惑う彼女の手を引くと、有無を言わせず店の奥に設置されている抽選機の前まで案内した。

そこには既に人だかりができていて、皆で何やら一喜一憂している。

およそ高級店らしからぬ喧騒が、そこにはあった。

「来店なさったお客様全員に、こうしてくじを引いてもらっております。特等はなんと、超高級食材ドラゴン肉です！」

そう言ってウェイトレスが指さした先には、立派な骨付き肉が鎮座していた。

この肉の持ち主は、よっぽどの大物だったのだろう。

持ち上げるだけでも苦労しそうなほどの大きさである。

ドラゴン肉は非常に美味で滋養強壮作用もあるが、なにぶん流通量が限られている。

これだけの大きさとなると、王宮でも滅多に見られないような代物だ。

「おお……これはすごいな！」

「ぜひとも当てちゃってください！　……まあ、確率は低いんですが」

ウェイトレスのつぶやきに合わせるように、ライザの前に並んでいた男たちがうなずいた。

どうやら彼らは団体で来ていたようだが、全員、くじを外してしまったらしい。

しょんぼりする彼らを見て、やはり現実はそう甘くはないと実感するライザ。

彼女は抽選機の前に立つと、ゆっくりとそのレバーを握った。

そして勢いよく回転させ――。

「……金色？」

抽選機から吐き出されたのは、綺麗な金色をした球だった。

これはもしかして、当たりなのではないか？

ライザが確認しようとしたところで、係の男が高らかに告げる。

「大当たり～～!!　特等のドラゴン肉です!!」

あまりに予想外の展開。

喜びよりも戸惑いが先に来たライザは、ぽかんと間の抜けた顔をした。

しかし、すぐに事態を理解して――。

「やった!!　やったぞ!!」

拳《こぶし》を突き上げ、喜びの叫びをあげるのだった。


――○●○――


「……それで、急にレストランに呼びつけたんですね」

姉さんの話を聞いて、俺たちは数日前の出来事を思い出した。

あの日、俺たちはいきなり「宴を開くぞ！」と休んでいたところを呼び出されたのだ。

ドラゴン肉がたらふく食べられるということで、みんな集まったのだけれど……。

あれにそんな裏があるとは、今の今まで知らなかった。

「あのドラゴン、姉さんが狩ってきたんじゃなかったんですね」

「うん。ボクも、ライザが狩ってきたんだと思った」

「流石の私も、休みが一日しかないのにドラゴン狩りにはいかんぞ」

「……それ、何日かあれば行くってことじゃないですよね？」

「いや、行くぞ？」

「……ありえないです」

呆れたようにつぶやくニノさん。

まあ、姉さんは修行が半分趣味みたいなものだからな。

戦うことが三度の飯より好きな人だし。

「それでその日の夜、宿に泊まろうとしたらな。手違いで予約が被ってしまったとかで、部屋をアップグレードしてもらえたんだ。スペシャルロイヤルスイートという部屋に泊まれたぞ」

「何だか、めちゃくちゃすごそうな部屋ですね」

「というか、俺たちの宿にそんな部屋あったか？」

ふと、疑問を呈するロウガさん。

言われてみれば、この街で姉さんが泊まっているのは俺たちと同じ宿屋である。

慣れない土地なので、いろいろと便利なように同じ場所にしたのだ。

それなりに大きな宿屋ではあるが、そんなすっごい部屋があるようなところではなかったような……？

ごく普通の、どちらかと言えば庶民的なグレードの宿だったはずだ。

「ああ、緊急で隣のホテルを借りてくれたんだ」

「んん？　いくら何でもそこまでするか？」

「ちょっと怪しいような」

普通ではありえない対応に、俺たちは少し疑念を抱いた。

単に運が良いというだけではなさそうな感じだ。

これは、何かしら裏がありそうである。

「その後も、何かありました？」

「翌朝、財布を拾ったな。百万ゴールドも入った奴だ」

「そんなのを落としますかね……？」

百万ゴールドともなれば、結構な重量があるはずだ。

落としたら流石にすぐ気づくのではないだろうか？

だいたい、落とした瞬間にジャリンッと音がしそうだ。

俺たちの違和感がさらに増したところで、畳みかけるようなことを姉さんは言う。

「それで、拾ったらすぐに持ち主が現れてな。気前よく財布の中身を全部くれたんだ」

「ぜんぶ⁉」

いや、いくらなんでもそれは明らかにおかしいぞ！

拾ってくれた人に中身をすべて渡してしまうなんて、何がしたいのかよくわからない。

そもそも、そんなにすぐに持ち主が見つかること自体が珍しい。

「姉さん、それは普通じゃないですよ！」

「どう考えたって、怪しいだろそれ！」

「私も怪しいとは思ったが、いかにも金持ちそうな男だったからな。さほど気にしなかった」

「いや、気にしてくださいよ！」

戦いの時はどんな些細《ささい》な変化にも気づくのに、日常だとどうしてこうなのか……。

姉さんのすっとぼけた返答に、俺たちは思わず頭を抱えた。

しかし、これではっきりした。

今回の一件、明らかに誰かが裏で糸を引いている。

「明らかに何かありますね」

「ああ。だが、いったいどうやったんだ？」

「特殊な魔法でも掛けられてるんじゃないのかなぁ、その人形。人を操《あやつ》る魔法とか」

「でも、何の魔力も感じられないですよ」

もう一度調べてみるが、人形からは何の魔力も感じられなかった。

そもそも、人をそこまで自由自在に操れる魔法など極《きわ》めて珍しい。

ましで、それをごく普通の人形に込めるなんて不可能に近いことだ。

シエル姉さんでも、無理って言うかもしれない。

「ううーん、謎だね。どうみても、その占い師ってのが何かしたようにしか思えないけど」

「本当に幸運を呼び寄せているだけじゃないのか？」

「それはない！」

ぼんやりとつぶやくライザ姉さんに、俺たち全員の声が揃った。

運を呼び寄せただけにしては、あまりにも不自然なことが多すぎる。

きっと何かしらの仕掛けがあるはずなのだ。

しかし、魔法が使われていないとするとどうやってそんなことを可能としているのか。

少し考えてみたが、俺にはどうにも見当がつかなかった。

「……話をいったん、切り替えましょう。それで、幸運を体感した姉さんはまた件《くだん》の占い師の元へと出かけたんですね？」

「ああ。そこで、魔石の先物取引の話を切り出された。ニョッキの代金はいらないから、投資に協力してほしいと」

「おかしいとは思わなかったんですか？　だって、本当に幸運を引き寄せたり未来を予知する力があるなら、わざわざ人からお金を集める必要ないじゃないですか」

俺がそう言うと、姉さんはハッとしたような顔をした。

今更そこに気付くのか……。

みんなが呆れた顔をすると、姉さんは顔を赤くして反論する。

「だ、だってだな！　それだけ幸運なことが続けば、何かしらの力はあると思うだろう？　現に、お前も人形の秘密がわからないではないか！」

「確かに。そもそも、それだけのことができるなら姉さんの財産を狙《ねら》わなくても……ん？」

……ちょっと待てよ。

犯人の目的が、そもそもお金ではないとしたらどうなのだろう？

姉さんは剣聖だ、金以外にもいろいろと狙われるものはある。

例えば、借金をさせることで姉さんに無茶なお願いをするとか？

もし姉さんを戦争に動員できるなら、これぐらいのことをする価値もあるだろう。

頭の中で、様々な可能性が浮かんでは消えた。

そしてある考えに思い至ったところで、俺ははたと動きを止める。

「そうか、それなら全部つじつまが合うぞ……！」

「何かわかったのか？」

「ええ！　俺たちの動きは、とっくの昔にアエリア姉さんにバレてたってことですよ！」

「な、なんだと⁉　それはいったいどういうことだ⁉」

声を荒らげ、前のめりになって近づいてくるライザ姉さん。

俺は両手を広げると、ただならぬ様子の彼女をどうにか制止しようとした。
するとここで、どこかで聞いたような笑い声が聞こえてくる。
これは、これは……!!
「久しぶりですわねえ、ノア!」
数名の護衛を従え、優雅に扇で口元を隠す妙齢の女性。
その女王を思わせるような威厳のある姿は間違いない。
アエリア姉さんの登場だ……!

第四話
長女の策略

「アエリア……!?」

いきなり姿を現したアエリア姉さんに、驚きを隠せないライザ姉さん。

どこかで顔を見たことがあるのだろう。

受付嬢さんも、眼を見開いてすごい表情をした。

一方で、クルタさんたちは誰《だれ》が来たのかと不思議そうな顔をしている。

「ひょっとして、あれが噂《うわさ》のお姉さん？」

「ええ。うちの長女のアエリア姉さんです」

「お姉さんって、ひょっとして会頭のご家族だったんですか!?」

「ええ、まあ……」

ここまで来てしまったからには、素直に認めるよりほかはないだろう。

俺《おれ》が頷《うなず》きを返すと、受付嬢さんはものすごい勢いでこちらに平伏してきた。

それを見たクルタさんたちも、戸惑ったような顔をする。

「またとんでもない大物が……」

「縁があるってこのことかよ……すげえな」

「ジークの家族って、いったいどうなってるんです？」

「あはは……。まあ、姉さんたちはすごいんですよね」

俺がそう言ったところで、アエリア姉さんがこちらに近づいて来た。

彼女は呆然《ぼうぜん》とするライザ姉さんの顔を見て、ふふふっといたずらっぽい笑みを浮かべる。

その勝ち誇ったような表情に、ライザ姉さんはムムムッと眉間に皺《しわ》を寄せた。

「まさか……あの占い師の正体は、アエリアだったのか⁉」

「ええ。姿と声を変える魔道具を使っていたとはいえ、気づくのが遅いですわ」

「くっ、この私としたことが……‼　だが、いったいどうやって？　アエリア、まさか魔法が使えたのか？」

ライザ姉さんがそう言うと、アエリア姉さんはやれやれとばかりに肩をすくめた。

そして、うんざりしたようにため息をつく。

「まったく、呆《あき》れてしまいますわ……。普通はそろそろ種に気付きますわよ？」

「な、なに⁉」

「ノア、教えてあげなさいな」

そう言うと、実にいい笑顔で促してくるアエリア姉さん。

細められた瞳《ひとみ》の奥に、ただならぬ殺気のようなものを感じるが……。

ひとまずそれは置いておくとして、俺は軽く咳払《せきばら》いをして言う。

「……ようは、お金を使ったんですよね？」

「ええ、その通りですわ。流石《さすが》はノア」

「つまり……どういうことだ？」

まだわからない様子のライザ姉さん。

頭の中が疑問で一杯なのか、ぽかんとした顔をしている。

一方で、流石にクルタさんたちは言葉の意味を理解したのだろう。

アエリア姉さんのしたことの荒唐無稽さに、唖然《あぜん》とした顔をした。

そりゃそうだろう、普通はこんなこと思いついても絶対にやらないからなぁ……。

やがて、クルタさんが恐る恐ると言った様子で尋ねる。

「えっと……街中のお店に裏から手を回して協力を依頼したってこと？」

「そうですわ。この街の店は、そのほとんどにうちの資本が入っておりますから。さほど難しいことではありませんでした」

「ひょっとして、くじ引きに並んでいたお客とかも……」

「もちろん、臨時で雇ったアルバイトさんですわ。賞品もこちらで手配したものでしてよ」

さらりとした口調で言ってのけるアエリア姉さん。

しかし、それだけのことを手配するといったいどれだけの手間とお金がかかるんだ……？

流石におかしいと思ったのか、ロウガさんが尋ねる。

「……待ってくれ。そんなことしたら、どれだけ金がかかるんだ？　百万や二百万じゃ利《き》かねえだろ？」

「そうですわね……。人件費などもろもろ入れますと……一億ぐらいはかかったかもしれませんわ」

「い、一億ぅ!!」

あまりの金額の大きさに、ロウガさんは雷にでも打たれたかのような勢いで仰《の》け反《ぞ》った。

そりゃそうだ、ライザ姉さんをはめるためだけにお金をかけすぎである。

一億ゴールドあれば、いったい何年生活できるのか……。

そう考えただけでも、気が遠くなってしまうような金額だ。

しかし、アエリア姉さんはこともなげに言う。

「むしろ、とっても安く済みましたわ。これでうまくいかなかったら、もっと色々する予定でしたもの」

「……謝れ！　今すぐ庶民に謝れ!!　俺なんて、貯金五万しかないぞ！」

「そうですよ！　私だって、先月に貰《もら》ったボーナスもう残ってないんですから!!」

ロウガさんと一緒になって、何故《なぜ》か受付嬢さんまで声を張り上げた。

アエリア姉さんに雇われる身として、いろいろ言いたいことがあったのかもしれない。

けどこれって、二人とも無駄遣いしてるのが原因なんじゃないか……？

特にロウガさんは、まとまったお金が入るとすぐに豪遊する悪癖があるからなぁ。

それがなければ、一流冒険者である彼はかなり楽に暮らせていただろう。

クルタさんとニノさんも同じことを思ったのか、やれやれと呆れた顔をする。

「ロウガは無駄遣いしすぎです」

「お小遣《こづか》い制にでもした方がいいんじゃない？　財布はニノが持つってことにしてさ」

「あ、それはいいですね。流石ですお姉さま」

「おいおい、勘弁してくれよ！」

話が予想外の方向へと転がったことに戸惑うロウガさん。

この際だし、ニノさんにいろいろ管理してもらった方が彼のためになるかもしれない。

俺はそんなことを思ったが、流石にかわいそうなので黙っておいた。

冒険から帰ってきた後、街で派手に散財するのがロウガさんの生き甲斐《がい》だろうからね。

「とにかく、ですわ。これでライザはもう、わたくしに逆らうことはできませんわよ」

そう言うと、アエリア姉さんは懐《ふところ》から一枚の契約書を取り出した。

大きな文字でサインがされたそれは、どうやら借用書のようである。

うわぁ……すっごい魔力が込められてるな。

特に探知などしなくてもわかってしまうほど、密度の濃い魔力が文字から溢《あふ》れている。

ライザ姉さんが力技で契約を破ることがないように、特注で用意した代物だろう。

これを作るだけでも、追加で一千万とかかかってそうだ。

国同士の約束でも、なかなかこんなの利用しないんじゃないか……？

「ぐぐ……！　きょ、姉妹《きょうだい》で借金なんて無効だ！」

「そんなことありませんわ。それに、しばらく大人しくしていれば借金はきっちりチャラにしてあげます」

「ふん！　この私がそれぐらいのことで……」

「待って！　ここで逆らったらまずい！」

俺が止める間もなく、アエリア姉さんは契約書を高々と掲げた。

たちまち、契約書に込められていた魔力が放出されライザ姉さんを縛り上げる。

走り出そうとしたライザ姉さんの身体が、凍ってしまったかのように動かなくなった。

「うおっ⁉　な、なんだこれは⁉　う、動けん……！」

「特注の魔法契約書ですもの。借金が完済されるまで、ライザは私には逆らえません」

「なにを……この程度……‼」

力技で突破しようとするライザ姉さん。

全身から火花が飛び散り、見えない鎖が軋《きし》みを上げる。

おいおい、ドラゴンだって余裕で拘束するような代物だぞ……。

あまりの腕力に俺はもしかしてと思ったが、やはり無理だった。

やがて力を使い果たしたライザ姉さんは、へなへなとその場に座り込む。

「む、無念……！」

「これで、一番厄介なライザは封じ込めましたわ！　おほほほほ！」

ライザ姉さんを見下ろしながら、優雅に笑うアエリア姉さん。

これは……かなり厄介なことになってきたぞ！

俺は思わず、ごくりと唾《つば》を呑《の》むのだった。


―――○●○―――


「さてと……。ノア、私が言いたいことはわかりますわね？」

口調こそ穏やかだったが、その言葉には有無を言わせぬ強い響きがあった。

何としてでも俺を連れ戻そうという意志が感じられる。

そのために、莫大《ばくだい》な費用をかけてライザ姉さんを封じ込めたのだ。

何故そこまで俺にこだわるのかはわからないが、その思いは並々ならぬものだろう。

「家に帰って来いと？」

「ええ。冒険はここでおしまいですわ」

「いいや、まだ帰らない」

俺はきっぱりと、アエリア姉さんの命令を断った。

ここまではっきりと姉さんの意見を突っぱねたのは、これが初めてかもしれない。

今まではずっと、まともに言い合っても勝てないと避けてきたからなぁ。

意見が対立しそうになると、いっつも俺が折れていた。

「どうして帰りたくないんですの?」

「まだみんなと一緒に冒険したいんだ」

「ラージャではいろいろと事件が起きていると聞きます。危険すぎますわ」

「危険だからって、そんなに簡単に引き下がれないよ」

危ないから逃げるなどと言っていては、いつまでたっても成長できない。

そんなことでは、家を飛び出してきた意味がなかった。

それに、ラージャのみんなは今や俺にとって大切な仲間だ。

彼らを見捨てていくような真似《まね》、絶対にできない。

「大丈夫。いざという時のために、聖剣だって手に入れるんだ。心配ないよ」

「本気で言ってますの?」

「もちろん。俺が冗談を言わないって、アエリア姉さんも知ってるでしょ?」

「ならば聞きますが」

そう言うと、わずかに間を置くアエリア姉さん。

緊迫感が高まり、俺は浅く息を吸った。

だいたいこういう時は、キッツイ一撃があるんだよな……。

俺が展開を予想すると、まさしくその通りの質問が飛んでくる。

「今のあなたに魔族に打ち勝つほどの力がありますの？　どんな危機でも跳ね除《の》けるほどの力がありますの？」

「……今の時点ではまだないよ。けど、いずれは得たいと思ってる」

「いずれ、では間に合わない事態もあり得ますわよ」

アエリア姉さんは、不意にクルタさんの方を見た。

そして、今までよりさらにきつい口調で言う。

「あくまで仮にですが。あなたの力不足で、そこの彼女が命を落とすかもしれませんわ」

「それは……そうならないように努力する」

「努力ですべてがうまく行くとは限りません」

「けど……」

「ノア。あなたは心のどこかで、何かあっても姉の誰かが助けてくれると思ってるんじゃないですの？」

この問いかけに、思わず俺は唸《うな》りそうになった。

俺の心の片隅にあった甘えを、正確に撃ち抜かれてしまったようだ。

そういう考えが全くなかったのかと言うと、はっきり言って嘘《うそ》になる。

流石はアエリア姉さん、痛いところをついてくる。

俺は険しい表情をしながらも、どうにか返事をした。

「……いいや、一人で何とかするつもりだった」

「本当ですの？」

前のめりになり、さらに思いっきり問い詰めてくるアエリア姉さん。

そのライザ姉さんやシエル姉さんとはまた違った迫力に、俺は思わず冷や汗を流した。

いったいどう切り抜ければいいのだろうか。

知恵を振り絞るが、どうにもいいアイディアが浮かんでこない。

こういう事態に、俺は昔からどうにも弱かった。

何を言っても言い返されてしまいそうで、思考そのものが委縮してしまうのだ。

「そうだね。ジーク、ボクもそれはおかしいと思う」

「え？」

思わぬところから、追い打ちが入った。

クルタさん、味方じゃなかったのか……？

俺が少しびっくりしていると、彼女はプクッと頬《ほお》を膨らませて言う。

「一人で何とかする？　ボクたちのこと忘れてない？」

「そうだぜ。俺たち仲間だろ、少しは頼ってくれよ」

「水臭いですよ、ジーク」

みんなの手が、そっと俺の背中に添えられた。

じんわりと伝わる温かさに、俺は勇気をもらったような気持ちになる。

そうだ、一人で全部何とかする必要なんてない。

みんなと一緒に乗り越えていけばいいんだ。

……というより、自分一人で何とかしようなんて少し傲慢な考えだったかもしれない。

ウェインさんとのことがあって、少し自分を特別なんて思ってしまっていたのかもな。

「……ずいぶんと慕われているようですわね」

「この数か月の間に、いろいろと冒険したから」

「私たちと離れている間に、ノアも少しは成長したんですのね」

表情をやわらげ、穏やかな声でつぶやくアエリア姉さん。

その隣で、ライザ姉さんが腕組みをしながらうんうんと頷いた。

いや、それってライザ姉さんが誇らしげにするところなのか……？

俺はちょっぴり疑問に思いつつも、改めてアエリア姉さんの顔を見て言う。

「俺は、もっともっと成長したいんだ。だから、まだ冒険を続けたい」

「……どんな危険が待ち受けていても？」

「……うん」

アエリア姉さんの言葉に、俺は深々と頷いた。

すると彼女は額に手を押し当て、やれやれといった様子でつぶやく。

「なかなか意志は固いようですわね……。わかりましたわ。この場はいったん退きましょう。ただし、ライザは連れて行きますわよ」

「わかった。ありがとう、アエリア姉さん」

「うう、ノア……私が居なくても元気で過ごすんだぞ！」

「大丈夫だよ、ライザ姉さん」

「修行をサボるなよ。風呂《ふろ》も毎日入って、野菜もきちんと食べて……」

「わかってるって！」

こうして、アエリア姉さんはライザ姉さんを連れてその場から立ち去った。

やがて彼女の背中が見えなくなったところで、ロウガさんが豪快に笑う。

「なんだ、意外と物分かりのいい姉ちゃんじゃねーか！」

「流石はうちの会頭だけありますね。器が大きいというか、大物というか」

「認めてもらったようなものじゃない。よかったよかった！」

「ライザさんは居なくなりましたけど、何とかなりそうですね」

すっかり安心した様子のクルタさんたち。
だがこれは……明らかにまずい兆候だった。
あのアエリア姉さんが、あんな簡単に引き下がるはずがない。
時間はかかっても、俺を必ず連れ戻せるという確証があっての行動のはずだ。
「ううーん、これはなんか嫌な予感がしますね」
どことなく不穏な予感がした俺は、そう微《かす》かにつぶやくのだった。

閑話

長女と次女

「……まさか、アエリア姉さんに騙《だま》されるとは思わなかった」

迷宮都市ヴェルヘン。

その市街地の中心から少し離れた場所にアエリアの別宅はある。

領主の館にも引けを取らない立派な屋敷は、彼女の財力と権勢を示すかのようであった。

そしてその最上階にある応接室で、アエリアとライザは向かい合う。

「むしろ、騙したのがわたくしで良かったですわ」

不満を述べたライザに、アエリアは呆《あき》れたようにそう告げた。

仮にも剣聖という立場にある人間なのだ。

もう少し思慮深く行動してくれないと、アエリアとしてもいろいろと困る。

騙されて戦争に参加したなどあっては、一大事だ。

「これからはもう少し気を付けることですわね。知らない人の話を聞いてはいけません。あと、ついて行ってもダメでしてよ」

「私は子どもか！」

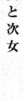

「むしろ、最近の子どもの方がよっぽどしっかりしてますわよ」

「むぐぐ……!!」

簡単に騙されてしまった手前、言い返せないライザ。

加えて、今のアエリアはライザの行動を抑制する契約書を持っている。

彼女は顔を赤くしながらも、声を荒らげたい衝動を何とか抑える。

「ま、ライザが単純なおかげで簡単に勝負が決まって良かったですわ」

「だが、これからどうするのだ？　私がいなくなっても、ノアは止まらないぞ」

ノアの実力はいまやSランク冒険者をも上回る。

ライザがいなくなっても、仲間と共に問題なくダンジョン探索を進めるだろう。

そして、必ずや聖剣を手に入れるに違いない。

しかし、アエリアはひどく自信ありげに笑う。

「問題ありませんわ。あなたが居なければ、ノアは聖剣を手にすることはできませんもの」

「ほう?」

「ファムから聞きましたの。聖剣の周囲には勇者によって特別な結界が張られていると。それを破ることはノアにはできないでしょう」

「なっ！　それで、あんなにあっさりと引き下がったのか！」

大商会の会頭だけあって、非常に弁の立つアエリア。

それが多勢に無勢《ぶぜい》の状態であったとはいえ、あっさり引き下がったのがライザも気にはなっていた。

しかし、まさかそんなからくりがあるとは。

これでは、最初から勝負の行方《ゆくえ》は見えている。

「長女たるものが、いささか大人げないのではないか？」

「戦いは勝つことが一番。やり方にこだわっているようでは二流ですわ」

「戦いにも美学が必要だと思うがな」

どうしても納得がいかない様子のライザ。

するとアエリアは、チクリと刺すように言う。

「そんなことを言ってるから、連れ戻すことに失敗したんじゃありませんの？」

「それはだな……」

「では、抜け駆けして一人でノアを独占しようとしていたんですのね？」

「いぐっ⁉」

痛いところを突かれて、肩を震わせるライザ。

アエリアは怯《ひる》んだ彼女に対して、さらに畳みかけるように言う。

「今からちょうど三か月前。あなた、ラージャの街に家を買いましたわね？」

「……か、買ってない！」

「いいえ、買っていますわ。きちんと調べはついていますの」

「バカな！　ちゃ、ちゃんと名前は変えたはず……」

そのままの名前で家を買っては、他の姉妹《しまい》にバレるかもしれない。

そう考えて、偽名を使う程度の知恵はライザにもあった。

というより、ノアがジークと名乗っているのを聞いて彼女も真似《まね》した。

しかし、その程度の偽装をアエリアが見破れないはずもない。

彼女はふうっと息を吐くと、たしなめる様に言う。

「あのぐらいわたくしならすぐにわかりましたわ。というか、わたくしでなくてもすぐわかりますわ……」

「何だと⁉」

「職業が剣士で名前がザイラって、隠すつもりありまして？」

「カッコいいではないか、ザイラ！　魔獣みたいで！」

「そこですの⁉」

想定していなかったライザの反論に、思わずツッコミを入れてしまうアエリア。

彼女は呆れた顔をしつつも、さらにライザに詰め寄っていく。

「まあとにかく、あなたが抜け駆けをしようとしたのは事実ですわ。まさか家まで買っていたなんて、さすがの私も驚きましたわよ」

「…………くっ！」

「悪い妹には、おしおきしないといけませんわね」

「……好きにしてくれ。どんな責めでも受ける」

そう言うと、ライザは堂々とソファに腰を下ろした。

契約書がある以上、もはや逃げられない。

完全に観念したといったところだ。

するとアエリアは懐《ふところ》から、とあるものを取り出す。

「では遠慮なくいかせてもらいますわ。ライザは昔から、これが苦手でしたわよねぇ」

「そ、それは……‼」

アエリアが手にしていたのは、ふさふさとした猫じゃらしのようなものだった。

本来は家の埃《ほこり》を取ることに使う清掃器具である。

その揺れる毛並みを見て、ライザはこれから行われる世にも恐ろしい拷問を想像する。

彼女にとってはそれが、戦って怪我《けが》をすること以上に苦痛であった。

「待ってくれ！　それだけはやめてくれ‼」

「そう言われて止まるほど、わたくしは甘くありませんの」

「嫌だ、嫌ァ……あひゃひゃはは‼　やみぇてくれぇ‼」

ライザの首筋に毛を当てて、さわさわと擦り始めたアエリア。

弱いところを擦られたライザは、背中を仰け反《のぞ》らせながら大笑いする。

痛みにはめっぽう強い彼女なのだが、くすぐりにはどうにもこうにも弱かった。

「あはは……やみぇろ！　やみぇてって!!」

「やめませんわ。そうですわねぇ……」

視線を上げると、アエリアは壁際に置かれている柱時計を見た。

そして、笑い苦しむライザを見ながらニヤァッと悪魔的な笑みを浮かべる。

「仕事は明日の昼からですわ。睡眠時間を考えても、あと三時間はいけますわね」

「しゃ、しゃんじかん!?　しぬ!!」

「人間そのぐらいじゃ死にませんわ。ふふふ……」

こうして、それからキッチリ三時間。

ライザが泣こうが喚《わめ》こうが、アエリアはきっちり彼女をくすぐり続けたのだった。

第五話

新たなる迷宮

「さてと……これからどうする？」

ライザ姉さんがアエリア姉さんに連れて行かれた翌日。

俺《おれ》たちは商会の酒場に集まり、今後のことについて話し合っていた。

とはいっても、やることは既に決まっている。

第十二迷宮の奥にある隠し通路を攻略し、聖剣を手に入れるのだ。

これをしないことには、何も始まらない。

「とにかく、聖剣を一刻も早く手に入れましょう」

「ライザはどうする？　連れ戻さなくていいのか？」

「聖剣さえ手に入れれば、解放してくれると思いますよ。アエリア姉さんは、そういう約束はきっちり守りますから」

「そもそも、戻ってこなくてもいいんじゃない？　そっちの方が、ジークものびのびできるだろうし」

そう言って、さらりと腕を絡《から》めてくるクルタさん。

……考えてみれば、そもそもライザ姉さんと一緒に冒険する予定はなかったしなぁ。

今ではうやむやのうちに仲間のようになっているけれど、いない方がいいのかも。

ライザ姉さんがいると、ついつい頼ってしまいがちだし……。

「うっ、でも放っておくとそれはそれで……」

ふと脳裏《のうり》に、拗《す》ねるライザ姉さんの顔が思い浮かんだ。

大人が拗ねると厄介だけど、姉さんの場合はもっと質が悪い。

いや、拗ねるどころじゃ済まないかもな……。

俺は怒った姉さんの姿を想像して、たまらず身体を震わせた。

一応、ことが終わったらちゃんと迎えに行ってあげよう。

じゃないと、後がすごく怖い。

「どうしました？　顔が青いですよ？」

「いや、姉さんが怒るとこ想像しちゃって。……ちゃんと迎えには行きましょう」

「むぅ……いない方がいろいろやりやすいのになぁ」

「へ？」

「何でもない、こっちの話だよ」

そう言って、何やら思案に耽《ふけ》るクルタさん。

よくわからないが、関係ないと言われれば関係ないのだろう。

それよりも今は、これから先の迷宮攻略だな。

俺はひとまずロウガさんに意見を求めようと、そっと視線を送る。

「んー、第七も深層まで行ったしな。そろそろ新しいとこに行ってもいいか」

「どうせなら、第十三迷宮に行きませんか？」

せっかく、新しい迷宮が見つかったばかりなのである。

たぶん、俺たちが生きている間に次が見つかることはないだろう。

姉さんが指定した期限まではまだ時間もあるし、行ってみてもいいのではなかろうか。

俺だって冒険者だ、未知の迷宮と聞いて胸躍るものだってある。

見つかったばかりの迷宮ならば、お宝が残っている可能性だって高いだろうし。

「そうだな……。ちょうどいい機会だし、入ってみるのもありだな」

「じゃあ、早速行こうか」

「どんな迷宮なのか、楽しみだねー」

「……言っておくが、俺が危険だと判断したらすぐに引き上げるからな？」

意気揚々と歩き出した俺たちを見て、注意を促すロウガさん。

俺たちは笑みを浮かべながらも、彼の言葉に深くうなずいた。

こうして俺たちは、十三番迷宮へと向かったのであった。

○●○

「ここが第十三迷宮……意外と街中ですね」

第十三迷宮の入り口があったのは、住宅街と商店街のちょうど境界付近であった。

最近見つかったばかりということで、もっと人気のない場所かと思っていたけれど……。

なかなかどうして、栄えた場所である。

迷宮に向かう探索者だけではなく、付近の住民らしき人々もたくさん通りを歩いている。

これなら、もっと昔に発見されていてもおかしくないのに。

俺がそんな疑問を抱くと、クルタさんが笑いながら言う。

「迷宮ってのは、突然現れるんだよ」

「え？」

「いきなり、それまで何もなかったところに出現するんだって」

「へえ……いきなりですか」

「そ。聞いた話だと、第十三迷宮があった場所はもともと空き地だったらしいよ。家を建てる途中で事故が起きて、工事が中断してたところに迷宮が出来ちゃったんだとか」

「そりゃまた、迷惑な話ですね……」

土地の持ち主の人からしてみたら、たまったもんじゃないな。

迷宮が出来てしまっては、もう家を建てるどころの騒ぎじゃないだろう。

いやむしろ、家が建つ前で良かったのだろうか？

普通に暮らしていて、ある日突然、寝室に迷宮が出来たりしたら困ってしまう。

「ま、土地の持ち主は街から補償金を貰《もら》って逆に儲《もう》かったらしいけどね」

「へえ……。でも、いきなり迷宮ができるなんて大丈夫なんですか？」

「どうしても迷宮に出現されたくない場所には、特別な結界を張ってるらしいよ。普通の家とかは何もしてないことが多いらしいけど、そもそも何百年に一度の話だから」

運が悪かったと思って諦《あきら》めるんじゃない、というクルタさん。

まあ、その程度の確率ならば事故と思って割り切るのもありか。

「ん？」

こうして話をしていると、見覚えのある顔が目の前を通り過ぎた。

ロウガさんの古い知り合い、ラーナさんである。

これから迷宮へと向かうところなのであろうか。

酒場で見た時よりも、重厚で物々しい装備に身を包んでいる。

「ラーナさん！」

「おい、やめろ！」

声を掛けようとした俺を、ロウガさんは慌てて止めた。

どうやら、ラーナさんとあまり関《かか》わり合いになりたくなかったらしい。

しかし、その声はいささか大きすぎたようだった。

こちらの存在に気付いたラーナさんは、からかうような笑みを浮かべて近づいてくる。

「ロウガたちじゃないか。結局、あんたたちも来たのかい？」

「ええ、まあ。せっかくですし」

「こんな機会、滅多《めった》にあるもんじゃないしね」

「けど、まさかばったり会っちまうとはな」

渋い顔でつぶやくロウガさん。

彼は迷宮の入り口へと吸い込まれていく、たくさんの探索者たちを見やった。

これだけの人が出入りする中、ラーナさんとばったり会う確率はそう高くはないだろう。

「そんなに嫌そうな顔するんじゃないよ。こんな美人に会えて、幸運じゃないか」

「自分で言うなっての。だいたい年増《としま》じゃねえか……」

「誰《だれ》が年増だって⁉」

ロウガさんに摑《つか》みかかるラーナさん。

二人はそのまま、路上でくだらない言い争いを始めてしまう。

まったく、放っておくとすぐ喧嘩《けんか》するんだから！

俺は慌てて二人の間に入ると、どうどうと彼らをなだめる。

「落ち着いてくださいって。二人ともいい大人なんですから」

「しゃーねえなぁ……」

「ま、今更こいつとどつき合ってもしょうがないしね」

「それで、ラーナさんはここへ何しに来たんです？」

俺がそう尋ねると、ラーナさんはアハハッと豪快に笑った。

そして胸に手を押し当てると自信ありげに言う。

「もちろん、牡牛《おうし》を倒しに来たのさ」

そう言うラーナさんの眼は鋭く、剣呑《けんのん》な光に満ちていた。


―○●○―


「これが……迷宮の中？」

ラーナさんと別れてから、十数分後。

俺たちは長い長い階段を下りて、迷宮の第一層へとたどり着いたのだが……。

そこは俺の想像していた場所とは大きく異なる有様《ありさま》であった。

広々とした空間があり、天井《てんじょう》からは淡い光が降《ふ》り注《そそ》いでいる。

そして地面には、やや黒みがかった草が一面に生えていた。

どういう原理かはわからないが、微《かす》かに風まで拭いている。

「草原みたいですね」

「ええ。あの天井は、ヒカリゴケでも生えてるのかな？　それにしても……」

第七迷宮とは全く違った雰囲気に、俺は戸惑いを隠せなかった。

建造物のようだったあちらに対して、この第十三迷宮は地上の自然をそのまま再現したかのようである。

迷宮の環境は、場所によって様々だと聞いてはいたが……。

ここまで違うとは、流石《さすが》に予想外だ。

「こんなのまだ序の口だぜ」

「え？」

「迷宮の中には、湖があるようなとこまであるからな。これぐらいは慣れて行かねえと」

「そうなんだ。迷宮ってすごいなぁ……」

改めて、迷宮の神秘を体感する俺。

神が造ったと言われるだけのことはある。

これだけのもの、人間が造ろうとしたらどれほどの歳月がかかるだろうか。

そうして感心していると、周囲を見渡したニノさんがつぶやく。

「ラーナさんの姿は見えませんね」

――牡牛を倒しに来た。

そう告げて迷宮へと入っていったラーナさんだが、その姿は草原にはなかった。

どうやら、彼女は既にどこかの階層のボスを倒していたようだ。

転移門を使って下のフロアからスタートしたようである。

この迷宮がいつ現れたのか、正確には知らないのだけれども。

ベテラン探索者である彼女が、今さら一階層からというのも逆におかしいか。

「しかし、牡牛を倒すってどうするつもりなんでしょうね」

「さあな、俺たちには……おっと、何か来たぜ！」

ロウガさんの言葉の途中で、黒い水牛のような姿をした魔物が姿を現した。

巨大な角が特徴的で、もしあれ刺されたら人間などひとたまりもないだろう。

しかも、好戦的な性格らしく俺たちを見て鼻息を荒くしている。

「ブラックバッファローか！　気を付けろ、跳ね飛ばされたらヤバい！」

ロウガさんが警告すると同時に、大地を蹴《け》って走り出すバッファロー。

俺たちは急いで散開すると、どうにかその突進を回避した。

しかし、バッファローはその後もしつこく追いかけてくる。

「しつこいですね！」

懐《ふところ》から何かを取り出し、ばら撒《ま》くニノさん。

あれは、東方の忍びが用いるというマキビシであろうか。

黒い棘《とげ》のようなものがそこら中に散らばり、バッファローの足に食い込む。

これには流石のバッファローも耐えかねたのだろう。

雄叫《おたけ》びと共に前足を持ち上げ、天を仰《あお》ぐようにして動きを止める。

「ブオオオオォ⁉」

「今だ！　そりゃあッ‼」

俺はマキビシを回避しながら、一気にバッファローとの距離を詰めた。

そしてその首元を狙《ねら》って、剣を抜き放つ。

――スルリ。

黒剣はバッファローの毛皮を音もなく切り裂いた。

どうやらこいつ、攻撃力は高いが防御力はさほどないな。

俺がそう判断すると同時に、バッファローの巨体が崩れ落ちる。

「ふぅ……」

周囲に他に敵がいないことを確認すると、俺は額に浮いた汗を拭《ぬぐ》った。

一階層に出る魔物としては、ずいぶんと手ごわい相手である。

この分だと下層にはかなり厄介な敵が出そうだな。

「魔物の質は結構高そうだね」

「ああ。噂《うわさ》通りだな。この分だと、下層には高位の魔獣系が出そうだ」

顎《あご》を擦りながら、渋い顔でつぶやくロウガさん。

魔獣系の魔物は、何よりも強靭《きょうじん》な肉体を特徴としている。

ライザ姉さんが抜けた今の俺たちにとって、あまり相性《あいしょう》のいい相手ではなかった。

この手の魔物を倒すには、何といっても火力が重要なのだ。

「ま、骨があっていいじゃない。それに……」

何かいいことでもあったのだろうか？

クルタさんは、やけにいい笑顔を見せた。

彼女は腰の短剣を抜くと、ゆっくりバッファローの亡骸《なきがら》へと近づいて行った。

そして瞬く間に肉を切り裂き、適当な大きさのブロックにしてしまう。

「ブラックバッファローの肉って、めちゃくちゃ美味《おい》しいんだよねえ」

「へえ……。俺、食べたことないです」

「結構レアな魔物だからね。けど、霜降りですっごく柔らかいんだよ」

本当に好きなのだろう、頬《ほお》を緩《ゆる》ませて心底幸せそうな顔をするクルタさん。

確かに、彼女の手にしているお肉は見事なサシが入っていて見るからにおいしそうだ。

きちんとした処理すれば、きっとすっごくおいしいステーキができるな。

外はカリッ、中はジューシーな感じに仕上げれば実に良さそうだ。

そう思ったところで、腹の虫がぐるぐると鳴き始めた。

「あはは……」

「おいおい、飯は食ったばかりだろ？」

「すいません、美味しいものを想像するとつい」

「いいんじゃないですか、ジークは食べ盛りですから」

「そうだ！　せっかくだし、後でこれを焼いて食べない？　マジックバッグがあれば、お弁当は明日でもいいんだし」

「いいですけど、迷宮でそんなことして襲われません？」

「いや、休憩所なら平気だろう。あそこは何があっても魔物が入らないようになってる」

休憩所というのは、迷宮の各階層にある安全な領域のことである。

結界によって守られていて、その中には魔物が決して入ってこない。

さらにちょっとした水場などもあって、まさしく休憩するための場所である。

「でも、料理なんてして場所を取ったら迷惑じゃありません？」

「そのぐらい普通だよ。迷宮探索なんて、基本は泊まりがけだからな。今までの俺たちみたいに、ボスの間まで一直線に進んで日帰りしてる方が変なんだよ」

「あー……」

ライザ姉さんがいたおかげで、攻略に詰まることなんてほとんどなかったからなぁ。

一日のうちに次のボスの間まで進んで、転移門を利用して帰るというのが基本だった。

けど、普通に考えたらそんなことできないもんな。

中層以降ともなると、一階層進むのに一日かけるなんて話も聞く。

「せっかくだ、今日はここで泊まろうぜ。迷宮泊の基本を俺が教えてやる」

「いいね、これぞ冒険って感じがする！」

「私も賛成です。問題の隠し通路は深層ですし、そのうち泊まりになるでしょうから」

そう言われて、特に反対する理由もなかった。

俺自身、迷宮での野営と聞いて少しわくわくしたのだ。

こうして俺たちはボスの間の手前、九階層の休憩所で夜を過ごすこととしたのだが……。

この判断が、思いがけない結果を招くとは誰も予想していなかったのだった。


——○●○——


「うわ、結構にぎわってますね！」

ボスの間を目前に控えた九階層。

そこの休憩所は、多くの探索者たちが集まって迷宮らしからぬ賑《にぎ》わいを見せていた。

驚いたことに、食材や調理器具を売る出店のようなものまである。

特装版予約絶賛受付中！です。
お見逃しなく!!!
2022年7月15日頃発売予定！
ゴブリンスレイヤー16
等身大タペストリー付き特装版
著●蝸牛くも　イラスト●神奈月昇
2022年9月15日発売予定！
魔女の旅々19
ドラマCD付き特装版
著●白石定規　イラスト●あずーる
2022年9月15日頃発売予定！
お隣の天使様にいつの間にか駄目人間にされていた件 7
ドラマCD付き特装版
著●佐伯さん　イラスト●はねこと

見たところ、店主たちは探索者ではなく普通の人みたいだけど……。

こんなところまでやってくるとは、大した商魂だ。

「まるで観光地だな」

「だね。まさかこんなことになってるとは思わなかったよ」

「見つかったばかりの新迷宮ですからね。混んでるのも仕方ないですよ」

「けど、これは逆に好都合かもしれないですね。この雰囲気なら、みんなで肉を焼いても浮かないでしょう」

ボス戦前の景気づけであろうか。

宴を催している探索者たちの姿を見て、ニノさんはそうつぶやいた。

確かに、張り詰めた雰囲気の中で俺たちだけバーベキューを楽しむなんてできないしな。

これぐらい騒々しい方が、いろいろやりやすいかもしれない。

「ん？　あんたひょっとして……ロウガか？」

野営するのに適当な場所を探していると、ふと近くの探索者が声をかけてきた。

ロウガさんの昔の知り合いであろうか、ずいぶんと親しげな様子だ。

彼に対して、ロウガさんも笑みをこぼす。

「おお、バンズじゃねえか！　久しぶりだな！」

「そっちこそ、十年ぶりか？　よく生きてたもんだ」

「ははは、この俺がそう簡単にくたばるかよ」

「こっちじゃしょっちゅう死にかけてたじゃねーかよ」

「それはお前の方だろ?」

朗らかに笑いあう二人。

やがて彼らは、俺たちの方へと視線を向けた。

「この子たちが、ロウガの新しい仲間か?」

「その通りだ。紹介するぜ、俺の古い知り合いのバンズだ」

「よろしくお願いします」

俺たちは揃《そろ》ってバンズさんにお辞儀をした。

彼は俺たちの顔を見渡すと、少し驚いたような顔をする。

「なかなかいい子たちじゃないか。お前にこんな仲間ができるなんてなぁ」

「はっはっは、俺の人望のなせる業だな」

「よく言うぜ、しょっちゅう女に騙《だま》されて不貞腐《ふてくさ》れてたくせに」

「おいおい、今更昔のことを言うなって」

困ったような顔をするロウガさん。

ラーナさんも話していたけれど、昔からそういうとこは変わらないんだなぁ……。

まあ、ロウガさんも老け込むような歳《とし》ではないし当然と言えば当然か。

「そうだ、バンズさんもお肉食べていきませんか？　ブラックバッファローのがあるんですよ」

「お、一階層のかい？　そいつはいいな！」

「流石にボクたちだけだと、量が多くて」

「んじゃ、ありがたくご相伴に与るとするかな」

そう言うと、バンズさんは背負っていたリュックから大きな葉を取り出した。

まだ露が滴《したた》るほどみずみずしいそれは、どうやら迷宮で採取したものらしい。

きっと、たれでもつけて酒のつまみにでもするつもりだったのだろう。

「これは七階層でとってきたタスの葉だ。こいつで肉を巻くとうめえぞ！」

「おお、いいねえ！　口の中がさっぱりするんだよな」

「じゃあ、さっそくご飯にしようか。もうお腹《なか》すいちゃった！」

そう言うと、急いで準備を始めるクルタさん。

彼女もすっかりお腹を空《す》かせていたのだろう。

普段の三倍ぐらいの早さで手が動いていた。

こうして敷かれた鉄板の上で、俺たちは薄く切った肉を焼き始める。

「んー、いい香り！」

「やっぱ肉の焼ける匂《にお》いはたまらねえな！」

表面をサッと焼いたところで、口に肉を放り込む。

んんーー、おいしい!!

口いっぱいに肉汁が溢《あふ》れ出して、何とも贅沢《ぜいたく》な味わいだ。

触感も柔らかで、舌の上で崩れていくかのようである。

味付けはシンプルに塩と胡椒《こしょう》だけだが、それがまた良い。

肉本来の旨味がしっかりと味わえる。

「次は、言われたとおりにタスの葉で巻いて……おお!!」

思った以上の味の変化に、俺は思わず唸《うな》った。

タスの葉の味わいが爽《さわ》やかながらも、驚くほど肉の旨味とマッチしている。

脂のしつこさが打ち消されて、いくらでも食べられそうだ。

こりゃ、バンズさんに感謝しないといけないな。

みんなも同様のことを思ったのか、バンズさんを見て頭を下げる。

「すごいおいしいです！　ありがとうございます、バンズさん」

「別に礼を言われるほどじゃない。俺だって、肉食べてるしな」

「ははは、違いねえ！」

こうして、和《なご》やかな雰囲気で食事を続ける俺たち。

そうしているうちに、次第に周囲が暗くなってきた。

見上げれば、天井から発せられる光が次第に弱くなっている。

どうやらこの迷宮には、昼夜の変化が存在するらしい。

どういう目的なのかはわからないが、本当に忠実に自然を再現してるなぁ。

「……そろそろ、失礼するかな」

「おう、また会ったらよろしくな」

「ああ。……ところでロウガ、お前はもうラーナにはあったか？」

ふと、ラーナさんのことを口にするバンズさん。

不意に思いがけない名前が出てきたことで、ロウガさんははてと首を捻《ひね》る。

「ああ、会ったが。どうかしたのか？」

「いや、最近いろいろと妙な噂を聞いてな。元気にやってるか気になって」

「妙な噂？　あいつまた、ギャンブルで借金でも作ったのか」

「そうじゃない」

鋭い声を発するバンズさん。

その声色《こわいろ》に俺たちはのっぴきならないものを感じた。

ラーナさん、何かよっぽどヤバいことにでも巻き込まれているのだろうか？

魔石の件でお世話になっただけに、これはちょっと放ってはおけないな。

「いったいどんな噂だ？　詳しく聞かせてくれ」

「……実はな。あいつ、コンロン商会に出入りしてるって噂があるんだよ」

コンロン商会と聞いて、引き攣《つ》った顔をするロウガさん。

彼だけではなく、ニノさんやクルタさんも嫌そうな顔をした。

何だろう、そんなにヤバい組織なのだろうか？

俺はすかさず、隣にいたクルタさんに聞いてみる。

「コンロン商会って、何ですか？」

「知らないの？　コンロンと言ったら、大陸で一番やばい闇《やみ》商人だよ」

……これは、思ったより大ごとになるかもしれないぞ。

俺は思わず息を呑《の》むのであった。

閑話

長女の忙しい一日

「さてと……すっかり仕事が溜《た》まってしまいましたわね」

時は遡《さかのぼ》り、その日の朝。

アエリアは執務机に積まれた書類の山を見て、ふうっとため息をこぼした。

彼女が仕事を休んで、ライザへの対応に時間を割いていた数日間。

そのわずかな間に、書類が机を埋め尽くしてしまっていた。

日頃《ひごろ》、アエリアがどれほどの激務をこなしているのかが察せられる。

「本日の予定ですが、午前中はたまっている書類の処理。午後からは会議が三本入っております。夕方は領主様主催の晩餐《ばんさん》会に出席いただき、夜はそのまま領主様の館で商談を。その後は屋敷に戻り……」

アエリアの脇《わき》に控えていた秘書が、つらつらと予定を読み上げた。

それを聞き終えたところで、アエリアはすぐさま指示を飛ばす。

「午後の会議、確か予算会議と支部長会議でしたわね？」

「はい、その通りです」

「一本にまとめて時間を圧縮しなさい。空いた時間で商談の内容をもっと詰めておきますわ」

「承知いたしました」

「それから、先日相談を受けていた木材の件。あれはどうなっておりますの？」

「確認いたします、少々お待ちを」

そう言うと、秘書はそそくさと部屋を出て行った。

そして数分後、書類を片手にアエリアの前へと戻ってくる。

「確認が取れました。現在、必要とされる量の七割ほどが手配できております」

「遅いですわね。予定では、もう完了しているはずですわよ」

「材木の輸送経路に賊が現れたようで。対応に時間を取られたようです」

「このままでは間に合いませんわね。王国との取引で、これは少々まずいですわ」

そう言うと、アエリアは顎《あご》先に指を当てて思考を巡らせた。

やがて彼女は引き出しから書類を取り出すと、次々と頁《ページ》を繰る。

周囲に静寂が満ち、にわかに緊張感が満ちた。

そして――。

「この資料によると、老朽化して近々引退予定の船があると書かれていますわね？」

「ええ、ございます」

「木材をあの船に乗せて、船自体も一緒に引き渡してしまいなさい」

「それはつまり……船を材木として売ると？」

「その通りですわ。解体すれば、不足分ぐらいにはなるでしょう」

「ですが、船を材木として売っても利益《りえき》が……」

渋い顔をする秘書。

フィオーレ商会では引退間近と言っても、まだまだ現役《げんえき》で使える船である。

船として売り払えば、材木として売った時の数倍は値が付くだろう。

商人としてはとても看過できない差であった。

しかし、アエリアはわかってないといった様子で言う。

「王国との信頼関係を保つのは最重要ですわ。多少の赤字は許容します」

「かしこまりました」

「それに、東方の情勢が安定して船の需要はこれから下がりそうですわ。うちとしても手っ取り早く処理した方がいいでしょう」

「……そこまで考えておられたとは、流石《さすが》です」

アエリアの判断を称賛する秘書だが、一方のアエリアはすました顔であった。

彼女にとってこのぐらいは当然のことなのである。

さっさと気持ちを切り替えて、次の仕事へと取り掛かる。

「この書類の決裁は私でなくてもできますわね。次からは回してこないように」

「承知しました」

「ここからここまでは既に目を通しましたわ。おおよそ問題ありませんが、この新店舗出店計画は通せませんわね。経費が多すぎますわ、どこかに無駄がないか調べなさい」

「承知しました、すぐに調べさせます」

「念のため、調査は二つのルートから行ってちょうだい。誰《だれ》かが水増ししてる可能性もありますわ」

「では、管理部と監査部の両方から調査させます」

「ええ、それでよろしくてよ」

こうして流れるように仕事をこなし続けること数時間。

昼食まであと二十分ほどのところで、午前中の仕事がほぼ片付いた。

アエリアはその場で伸びをして軽く体をほぐす。

「ふぅ、この分だと今日の仕事は早めに終わりそうですわね」

「流石はアエリア様、普通の人間ならば一週間はかかる仕事量なのですが」

「これぐらいできなければ、商会は回りませんわ」

その言葉に合わせるように、秘書はそっと紅茶を差し出した。

アエリアはそっとそれを口に含むと、不意に険しい顔をする。

「ところで、一つある噂《うわさ》を耳にしたのですが」

「何でしょうか？」

「この街にコンロン商会の人間が出入りしているとか。本当ですの？」

「それについては、既に調査を始めております。が、信憑性《しんぴょうせい》はかなり高いかと」

「……面倒なことになりましたわねぇ」

アエリアは困ったように額に手を当てた。

彼女はそのまま窓際に向かうと、庭の向こうの街並みを見渡す。

「コンロンは言わずと知れた闇《やみ》の武器商人。彼らにこの街の魔石と技術が渡れば、とんでもないことになりますわ」

「ええ。まず間違いなく、とんでもない兵器を生み出すでしょうね」

「それだけは阻止しなければなりませんわ」

強い口調で宣言するアエリア。

彼女は拳《こぶし》を固く握りしめると、それを勢いよく振り下ろす。

「責任はわたくしが取ります。どんな手を使っても構いませんから、街に忍び込んだコンロンの関係者を探し出しなさい」

「はっ!!」

「それから、あれの保管庫は特に厳重な警備を。人員を倍に増やしてちょうだい」

「倍と言いますと……百人体制ですか？」

「ええ、それぐらい居ないと不安ですわ。もしあの技術が流出すれば、とんでもないことになりますもの」

そこまで指示を飛ばしたところで、アエリアはぐぐーッと大きく伸びをした。

そしてまだ昼食までにいくらか時間があることを確認すると、秘書をいったん部屋から下がらせる。

「いろいろと厄介ごとが増えて困りますわ。こんな時は……これに限りますわね」

そう言うと、アエリアは机の引き出しから小さな人形を取り出した。

商会御用達の工房に、ノアを模して造らせた特製ノア人形である。

そのディテールへのこだわりはすさまじく、本人をそのまま小さくしたかのようである。

さらに……。

『アエリア姉さん、今日も頑張って！』

アエリアが背中の突起を押すと、ノア人形が声を発した。

その声は、実のところ本人にはあまり似ていないのだが……。

それを聞いたアエリアは、たちまち緩《ゆる》み切った笑みを浮かべる。

「もちろん頑張りますわ！　うふふ……！」

人形の声に返事をすると、彼女はそのまま机に向かって寄り掛かった。

そしてしばらくの間、人形の顔を見つめながら余韻に浸る。

「本物のノアも、このぐらい素直だったらいいですのに」
久しぶりに対面したノアの顔を思い浮かべながら、アエリアは大きなため息をついた。
年頃《としごろ》になって反抗期が来てしまったのであろうか。
幼い頃と比べて、ノアはアエリアとの接触を避けるようになっていた。
外出に誘っても、それとなく理由を付けてついてこない。
食事に誘っても、お腹《なか》が減っていないと断る。
はては、今回の家出騒動である。
「ひょっとして、ノアはお姉ちゃんのことが嫌いになりましたの……？」
ふと恐ろしい考えに思い至り、アエリアはブンブンと首を横に振った。
ノアに好かれるため、彼女は彼女なりに様々な努力をしてきたのである。
厳しく接してきたのも事実だが、それはあくまで優しさからのこと。
ノアはきっと理解してくれていると、彼女は思っていた。
しかし、一度考えてしまうとそう簡単には不安を拭《ぬぐ》えない。
アエリアはもう一度人形を手にすると、背中のスイッチを押す。
『アエリア姉さん、今日も頑張って！』
「んん～～！　やっぱりいいですわ！」
再び満足げな笑みを浮かべるアエリア。

彼女は自らの頬《ほお》を軽く叩《たた》くと、改めて気合を入れなおす。

「……とにかく、今は目の前の仕事を片付けませんと。ノア、またすぐ迎えに行きますから待っていてくださいましね！」

そう言って、ノア人形にそっと口づけをするアエリア。

だが次の瞬間、執務室の扉が開かれ秘書が入ってくる。

「会頭、そろそろ昼食のお時間で……」

「わっ⁉　いきなり入ってこないでくださいまし！」

顔を真っ赤《まか》にして、慌てて人形を引き出しの中へとしまうアエリア。

タイミングが悪かったと察した秘書は、深々と頭を下げて謝罪する。

「今後は気を付けなさい」

そう告げると、アエリアは足早に食堂へと向かった。

彼女の一日はまだ、始まったばかりである――。

第六話

打ち破る壁

「本当か？　コンロンっつったら、冗談で出す名前じゃねえぞ？」

信じられないといった様子で、ロウガさんは聞き返した。

あのラーナさんが闇商人《やみ》と繋《つな》がりがあるなんて、俺《おれ》も信じられない。

彼女の性格からして、そういう連中のことを一番嫌っていそうなのに。

曲がったことが大っ嫌いって感じだからなぁ……。

クルタさんたちも同じ考えなのか、大いに驚いた顔をしていた。

が、バンズさんも引き下がらない。

「俺だって、あのラーナがコンロンとつるむとは思えなかったさ」

「……その言い方だと、何か根拠があるんだな？」

「ああ。見ちまったんだよ。ラーナが妙な連中と話しているのを」

「妙な連中ねえ……」

腕組みをして、唸《うな》るロウガさん。

そう言われても、やはりバンズさんの言葉を信じられないらしい。

迷宮都市という場所柄、変わった風貌《ふうぼう》の人間はそれなりにいる。

妙な連中と話していたぐらいでは、確かに証拠としては弱かった。

俺も、何かの見間違いではないのかと思う。

しかし、バンズさんは何かしら確信があるようだった。

「ラーナのやつ、最近はやけに金に困っているようでな。普段はやらねえような面倒な依頼にも手を出していたんだ。ところが、その妙な連中と話をした次の日からすっかり気前が良くなってなぁ」

「何らかの取引をして、大金を得たってことですか？」

「ああ。ひょっとすると、封印指定遺物でも売ったのかもしれん」

「そりゃ……ちょっとまずいな」

顔色を悪くするロウガさん。

封印指定遺物って、いったい何なのだろう？

名前からして相当にやばいものなのだろうけれど……。

俺が疑問に思っていると、クルタさんがすかさず解説をしてくれる。

「迷宮から出る遺物の中には、危険なものも多いんだ。中でも特にヤバいものは封印指定遺物って言われてね。国で全《すべ》て買い取るって決まりがあるんだよ」

「なるほど。じゃあ、それをもし密売なんてしたら……」

「最悪の場合、首が飛ぶね」

そう言って、クルタさんは手で首を切るような動作をした。

あくまでまだ噂《うわさ》の段階だけれど、これはちょっと洒落《しゃれ》にならないな……。

知り合いが処刑されるなんてことになったら、いくら何でも寝覚めが悪い。

「いずれにしても、あまりラーナには関《かか》わらない方がいい」

「……心に留めておこう」

こうして、バンズさんは俺たちの元から去っていった。

あとに残されたロウガさんは、神妙な顔をして腕組みをする。

その眉間には深い皺《しわ》が刻まれ、彼の苦悩を物語るようだった。

憎まれ口を叩《たた》いてはいたが、ラーナさんとロウガさんは古い付き合いである。

彼女の悪い噂を聞いて、気が気ではないようだ。

「ロウガさん……」

「別に、大して気にしちゃいねえよ。仮に何かあったとしても、俺とあいつはもう関係ねえ」

「本当に、そんなさっぱりと割り切れるんですか？」

「……ああ。それに、まだ真実だと決まったわけでもない。だいたい、コンロンとラーナには因縁があるからな。バンズはどうも知らねえようだが……」

「そうなんですか？」

「ああ。あいつの親はコンロンに莫大《ばくだい》な借金をしててな。それを返済するために、あいつは探索者になったんだよ。それが、金に困ったからってコンロンを頼るかよ」

そう吐き捨てたロウガさんの言葉には、確かな説得力があった。

いくらお金に困ったからとはいえ、生活苦の原因となった相手をそうそう頼ろうとも思わないだろう。

やはり噂はただの噂だったということであろうか？

でも、バンズさんの言っていることがまるっきり嘘《うそ》だとも思えない。

ラーナさん本人に会って、一度聞いてみるしかないかもしれないなぁ。

「……まあいい、今日のところは休もう。今度ラーナに会ったら、それとなく探ってみればいいさ」

「そうだね、ここで考えても何も解決しないしね」

「そろそろ疲れてきました。いったん休みましょうか」

話が終わって、緊張の糸がほどけたからであろうか。

ニノさんは軽く伸びをすると、眠たげに瞼《まぶた》を擦った。

明日も迷宮探索をすることだし、そろそろ休むか……。

周囲を見渡せば、他の探索者たちも続々と就寝の準備をしている。

「今日は俺が見張りに就こう。みんな休んでいいぞ」

「ありがとうございます」

こうして寝袋を敷いて横になったところで。

俺は不意に妙な感覚に囚《とら》われた。

背中がぞわぞわとして、さながら床が蠢《うごめ》いているかのようである。

これは……魔力が動いている？

迷宮の床の内側で、何か巨大な魔力の塊がゆっくりと移動しているようだ。

こいつはAランク……いや、下手をしたらSランク相当だぞ……!!

俺は慌てて起き上がると、床に手を当てて本格的に魔力を探知する。

間違いない、いる。

何かがこの床の向こうに、いる！

「何だ……こいつ……!!」

「また、魔力の動きか？」

「はい！　けど今度ははっきりと見えます。今までより近い……いや、これは……!!」

迷宮の壁の内側を、ゆっくりと動いていた魔力の塊。

それがある場所で急に進路を変えた。

その動きは次第に速まり、そして――。

「……出た！」

「なに？」

「魔力の塊が、壁の中から出たんです！」

「そりゃ、ちょっとヤバいんじゃないの？　もしその場に誰《だれ》かいたら……」

「とにかく、行ってみましょう！　場所はたぶん十一階層です！」

俺がそう言うと、ロウガさんたちはおいおいと顔をしかめた。

十一階層と言えば、ボスの間の先にある。

普通に考えれば、行こうと言っておいそれと行ける場所ではない。

俺たちの実力ならば、ボスにはさほど苦戦しないだろうけれど……。

そうだとしても、到着までには一時間以上かかるだろう。

「待ってくれ、そんな急に言われてもな」

「ボス戦に行くなら、ちょっと準備しないと」

「できれば明日の方が良いと思いますが……」

「大丈夫、ボスとは戦わない」

俺がそう言うと、ロウガさんたちは呆気《あっけ》にとられたような顔をした。

思考が追い付いていないのか、ニノさんに至っては口が半開きだ。

「そんなこと言って、ボスを素通りはできねえぞ」

「そうだよ。どうするつもり？」

「床をぶち抜くんです」

「え？」

「絶対に目立つからやりたくなかったんですけど……」

俺は前置きをすると、そのまま休憩所を後にした。

そして呼吸を整えると、体内の魔力を一気に練り上げる。

筋肉がにわかに張り詰め、力が満ちた。

やがて腰を深く落とすと、狙《ねら》いをしっかり定めて――。

「おっりゃあああああッ!!!!」

床に向かって、渾身《こんしん》の一撃を放つのだった。


――○●○――


あれは、今から五年ぐらい前のことだろうか。

剣聖になったばかりのライザ姉さんに、俺は聞いたことがあった。

姉さんにも切れないものはあるのかと。

いま思えばくだらない質問なのだが、当時の俺はそれが本当に気になっていた。

「形あるものならば切れる」

俺の問いかけに対して、ライザ姉さんは驚くほど自信満々に答えた。

あの時の姉さんの顔を、俺はきっと生涯忘れないだろう。

それほどまでにいい笑顔をしていた。

きっと、剣聖になったことで得た自信が表情にも現れたのだろう。

「いいか、ノア。どれほど硬いものであろうと、物には必ず弱点がある」

「弱点？」

「そうだ。完璧《かんぺき》な物などこの世に存在しないからな。そこを突けば必ず切れる」

そう言うと、ライザ姉さんはスッと人差し指を立てた。

そして訓練場の外壁へと近づくと、その石組を仔細《しさい》に観察して言う。

「ノア。お前はこの壁を指で切れるか？」

「指で……切る……？」

俺は姉さんの言ったことの意味がよくわからず、ポカンとしてしまった。

人間の指で、物を斬《き》ることできるのだろうか？

仮に指がとんでもなく頑丈だったとしても、斬るのではなく壊すのがせいぜいのように思える。

そもそも指には、物を切る上で最も重要な刃がまるでないのだから。

チーズだって綺麗《きれい》に切ることはできないだろう。

「無理と言いたげな顔だな?」

「だって、そんなことできるわけないよ。無理だ」

「無理というな!　まったく、気合が足りんからすぐにそういう言葉が出るのだぞ!」

「いや、何でそこで気合が出てくるんだよ!　関係ないだろ!」

「関係なくない!　……いいから、見ていろ」

姉さんはそう言って俺を黙らせると、ゆっくりと壁の方へと向き直った。

そして何かに導かれるように、まっすぐに腕を伸ばす。

——スルリ。

剣聖には似つかわしくない白くたおやかな指先。

それが水に沈んでいくかのように、石の中へと埋まっていった。

その異様な光景に、俺は思わず目を見張る。

とっさに魔法ではないかと疑ったが、姉さんの身体から魔力を感じることはできなかった。

そもそも、ライザ姉さんは魔法なんてややこしいものを使える性質ではないのだ。

そして——。

「はあぁッ!!!!」

指が青白い軌跡を描き、壁が裂けた。

裂け目の向こうに、青々とした山並みが見える。

う、嘘だろ……⁉

この訓練場の壁は、特別に厚く頑丈な石材を使って作られている。

加えて、シエル姉さんの手によって様々な強化魔法が掛けられていた。

シエル姉さん曰《いわ》く、巨人が突進しても破れないとのこと。

それを指で切るなんて、やはりライザ姉さんは底が知れない。

というか、本当にこの人は人間か？

魔王が人間の皮を被っているとか言っても、今なら信じてしまいそうだ。

「ざっとこんなものだ」

「すごい……‼」

「ノアも修業を積めばできる。今からやり方を教えてやろうか？」

「うん‼　お願いします、姉さん！」

深々と頭を下げる俺。

それを見た姉さんは、満足げにうんうんと頷《うなず》いた。

そして、グッと拳を握りしめると熱く解説を始める。

「いいか、まず重要なのは見極《みきわ》めだ！　物質をよく見て、弱そうなところを突く！　それが基本だ！」

「はい！　それで、弱そうなところはどうやって見極めるの？」

「勘だ！」

「勘⁉」

「そうだ、何となくひょわーんとした感じのとこがある！」

「ひょわーん？」

「そうだ。よーく眼で見ているとな、ひょわーんってわかるんだ！」

「いや、そんなこと言われても……。ひょわーんって……なに？」

またライザ姉さんのよくわかんない例えが出てきたよ……。

困ってしまった俺がたまらず不満を漏《も》らすと、ライザ姉さんの額に深い皺が寄った。

まずい、姉さんの機嫌が……！

嫌な予感がしたところで、不意に背後から冷え冷えとした声が響いて来た。

これは……‼

「……ライザ、あなたまた壁を壊しましたのね？」

「げ、アエリア！」

「この訓練場の壁、いくらすると思ってますの？」

「これはその……。ノアに手本を見せてやろうと思って……」

「言い訳は結構！　お仕置きが必要ですわね……」

スッと胸元《むなもと》から猫じゃらしのようなものを取り出すアエリア姉さん。

それを見たライザ姉さんの顔が、たちまち凍り付き――。

「や、やめろ!!!!」

およそ剣聖らしからぬ弱気な悲鳴が響いたのだった。


――○●○――


迷宮の壁や床は基本的に破壊不可能であるとされている。

迷宮石と呼ばれる特別な素材で出来たこれらは、これまで様々な英雄たちの挑戦を阻《はば》んできたという。

しかし今の俺には、一見して完璧に見えるこの素材の弱点がはっきりと見えていた。

あの日のライザ姉さんは、ひょわーんとか妙な表現をしていたけれど……。

確かにそんな感覚かもしれない。

感覚を極限まで研ぎ澄ませると、床の脆弱《せいじゃく》な部分がぼんやり浮かび上がって見える。

広々とした床の毛先にも満たないような小さな一点。

そこをめがけて、切っ先を正確に落とす。

「貫けええええ!!!!」

――スルリ。

いつか見たライザ姉さんの白い指。

それに習うかのように、黒剣が迷宮の床へと食い込んだ。

しかし、流石《さすが》は迷宮といったところであろうか。

内側を流れる膨大な魔力が、異物を排除しようと抵抗してくる。

その様子はさながら、生き物か何かのようだ。

「大人しく……しろぉ!!」

抵抗する魔力の流れを、俺の魔力で強引に切り替えた。

魔力と親和性の高い隕鉄《いんてつ》を使った黒剣だからこそできる荒業だ。

やがて床に裂け目ができ始め、ある時点で一気に広がる。

俺は腕に力を籠《こ》めると、そのまま一気に円を描いた。

「マジかよ……!　ありえねえ」

「迷宮の床に……穴!?」

「ほんとに斬った……!!　嘘……ッ!?」

迷宮の床がくりぬかれ、ぽっかりと黒い穴が開いた。

その光景に、クルタさんたちは思わず石化してしまう。

驚きを通り越して、もはや呆《あき》れているようですらあった。

「さあ、行きますよ!　次の階層もボスが来る前にぶち抜きます!!」

「ちょ、ちょっと待って‼」

「おいおい、置いてくなよ！」

こうして俺たちは、第十一階層を目指して進むのだった。

その先に、何が待ち受けるとも知らずに……。

第七話　対峙！　伝説の魔獣！

「うわ、天井《てんじょう》高いな！」

第十三迷宮の第十一階層。

そこは一階層ほどではなかったが、天井の高い空間となっていた。

古代の遺跡風とでも言えばいいのだろうか？

太い石柱が立ち並び、壁には翼の生えた悪魔のような意匠が描かれている。

その意味はよくわからなかったが、どうにも気味が悪かった。

おまけに天井の光が弱いせいで、全体的に少し薄暗い。

俺《おれ》はその床にどうにか無事に着地すると、上にいるみんなを見上げて注意を促す。

「みんな気を付けて！　怪我《けが》しないように！」

「任せとけって！」

そう言うと、ロウガさんは大盾を下にして落ちてきた。

なんとまあ、豪快な力技である。

あの盾、そういう使い方もできたのか！

大型の魔物の突進すら受け止める盾なのだから、確かにありえなくはないやり方だ。

「ふぅっ‼　流石《さすが》に少し腕が痺《しび》れたな」

「やりますね、ロウガさん！」

「まあな、ざっとこんなもんよ。お前たちも来い、受け止めてやる！」

大きく手を広げるロウガさん。

しかし、なかなかクルタさんたちは降りてこない。

怖くてためらっているのだろうか？

焦《じ》れたロウガさんが何度か二人を呼んだところで、穴から縄が垂れてくる。

そして――。

「よいしょっと！」

「おまたせしました」

「おまえら、飛び降りて来ないのかよ！」

スルスルッと縄を伝って降りてきたクルタさんとニノさん。

待ちぼうけを食らった形となったロウガさんは、思わず彼女たちに抗議した。

すると二人は、冷え冷えとした目をして言う。

「……だって、ロウガって汗臭いですから」

「私もちょっと……ねえ」

「この状況でそれ言うか⁉」

「重要なことだよ！　女の子にとっては！」

「だからって、この急ぐ場面で……」

「まあとにかく、急ぎましょう！　魔力が外に出たのはこの先です！」

俺がそう告げたところで、得体の知れない悍《おぞ》ましい咆哮《ほうこう》が聞こえてきた。

さながら、地獄の悪魔が叫んでいるかのようである。

この声の主が、先ほどの魔力の塊と見て間違いなさそうだ。

周囲にいる魔物と比べて、あまりにも存在感が突出している。

これは……いったいどんな魔獣が出現したって言うんだ⁉

俺が険しい顔をすると、ロウガさんが愕然《がくぜん》とした表情で告げる。

「こりゃ……牡牛《おうし》だな」

「え？　ひょっとして、以前に言ってた緋眼の牡牛ってやつですか？」

「間違いねえ。この耳に障る雄叫《おたけ》びは、間違いなくやつだよ」

そう言うロウガさんの声は、ひどく重々しかった。

心なしか、その眼の奥には微《かす》かな怯《おび》えのようなものも見て取れる。

仮にもベテラン冒険者である彼が、ここまで弱気な様子を見せるのは初めてだった。

以前に魔族と対峙した時ですら、空元気を出す余裕があったというのに。

「……大丈夫ですか？」

「ちっ、我ながら情けねえよ。ビビっちまうなんて」

「……来る！」

床に手を当てたニノさんが、切迫した表情で告げた。

俺もすぐさま魔力探知を再開し、巨大な何かが迫っていることを確認する。

「グオオオオオォォッ!!!!」

やがて姿を現したのは、緋色《ひいろ》の眼をした巨大なミノタウロスであった。

なんだ、この異様な存在感は……!!

これまで対峙した大型の魔物と比べると、体軀《たいく》はさほど大きくはない。

俺たちの背丈の二倍といったところであろうか。

しかしその身体からは、まるでこの世のものではないかのような気配が感じられる。

この魔物が異世界から来たと言われても、納得してしまいそうだ。

「……何だか、嫌な気配がするね」

「ええ。こいつ、ただの魔物じゃないですよ！」

俺がそう告げた瞬間、ミノタウロスは高々と斧《おの》を振り上げた。

鉄塊とでも称すべき巨大な斧が、驚くほどの速さで迫ってくる。

俺はとっさにそれを剣で受け止めようとしたが――。

「ぐっ⁉」

「ジーク⁉」

奇妙だった。

剣で受け止めたはずの斧が、俺の腹を薙《な》ぎ払《はら》ったのだ。

とっさに飛びのいて威力を殺したが、凄《すさ》まじい衝撃に嗚咽《おえつ》が漏《も》れる。

くそ、なんでだ⁉

間違いなく受け止めたはずなのに、抜けてくるなんて‼

明らかにおかしい、いったい何の魔法を使ったんだ⁉

「こいつ、やっぱり普通じゃない……‼」

「あの時と同じだ。こうやってわけもわからねえまま、俺たちもやられた」

「ボクたちで少し時間を稼ごう。その間に、ジークはあいつのことを調べて！」

「わかりました。でも、大丈夫ですか？」

俺の問いかけに、クルタさんは少し怒ったような顔をした。

そして、自らの胸を叩《たた》いて言う。

「これでもAランクだよ、少しぐらいは持たせるって！」

「お姉さま、私もお供します」

「うん！　二人であいつを食い止めるよ！」

そう言うと、ミノタウロスの前に躍り出るクルタさんとニノさん。
互いにアイコンタクトを取りながら、彼女たちは見事な連携を見せる。
二人はお互いの位置を素早く入れ替え、ミノタウロスの巨体を翻弄した。
右、左、右……。
その速さときたら、俺でも眼で追いかけるのがやっと。
素早さに自信のあるペアだからこそできる技だ。
「はっ！」
「それっ！」
やがて二人は、ミノタウロスを挟んで通路の両側に陣取った。
それぞれの手から、短剣と手裏剣が放たれる。
狙《ねら》うはミノタウロスの顔、それも生物にとって最大の弱点である眼。
その軌道は正確で、とても避けられないかのように見えた。
しかし――。
「抜けた？」
それは、本当にわずかな間の出来事だった。
精神を張り詰めていなければ、気づかないほどの刹那《せつな》の間。
その間に、ミノタウロスの身体を短剣と手裏剣がすり抜けたように見えた。

直後、ニノさんとクルタさんにお互いの武器が降《ふ》り注《そそ》ぐ。

「くっ!!」

「あたっ!!」

とっさに身を守り、最悪の事態は免れた二人。

どうやらこいつ、自在に消えたり現れたりできるらしい。

それもほんの一瞬、冷静に観察していなければ気づかないぐらいの時間で。

こりゃ恐ろしく厄介な能力だぞ……!!

さながら、空気を相手に戦いを挑むようなものだ。

「ロウガさん、今の見えました?」

「いや……。よくわからねえ、何が起きたんだ」

「一瞬だけ、あいつの実体が消えたんですよ」

「そりゃまた面倒な……。どうやって倒す?」

「とりあえず、どの程度まで実体が消えてるのか確認してみないと」

煙のような状態になっているだけならば、いくらでも対処の方法はある。

しかし、完全に姿形をなくせるような能力だと……。

俺が思案していると、不意に声が聞こえてくる。

「そいつはアタシの獲物だよ!　どきな!!」

威勢のいい掛け声とともに現れた大柄の女性。
それは、誰《だれ》あろうラーナさんであった。

――○●○――

「ラーナさん⁉」
思いがけない人物の登場に、俺たちは驚きの声を上げた。
彼女が牡牛を追っていたのは知っていたが、こうもタイミングよく現れるとは。
ひょっとして、出現を探知する魔道具でも手に入れたのだろうか？
俺たちが疑問を処理しきれていない中、彼女は手慣れた様子で槍《やり》を構える。
探索者として長年愛用してきたものなのであろう。
歴戦の風格漂う鋼の槍は、雷光の如《ごと》く牡牛の身体へと迫る。
「ダメです！　普通の攻撃はこいつには効かない！」
鈍い輝きを放つ穂先は、正確に牡牛の首元を貫いた。
しかし、血は流れない。
やはり牡牛はおよそすべての攻撃を回避する能力を持っているようだ。
ラーナさんはその後も怯《ひる》むことなく攻撃を続けるが、すべてすり抜けてしまう。

そして——。

「くっ!!」

牡牛の手が槍を掴《つか》んだ。

丸太を思わせる太い腕が、槍ごとラーナさんの身体を持ち上げる。

——フワリ。

女性にしては大柄なラーナさんが、重さを失ったように振り回された。

彼女はそのまま壁に叩きつけられ、苦しげな息を漏らす。

「ラーナ!」

「来るな! こいつは、アタシが倒す……!」

「つったって、どうするつもりだよ!?」

ロウガさんの問いかけに、ラーナさんは壮絶な笑みを返した。

寒気すら感じられるそれに、ロウガさんは思わず言葉を詰まらせる。

この場に急行してこられたことといい、やはり彼女は何か秘策を持っているようだ。

いったい何をするつもりなのだろうか?

俺たちが注意深く見守っていると、彼女は懐《ふところ》から黒紫色をした短剣を取り出す。

「あれは……」

禍々《まがまが》しく、不吉な気配を漂わせる短剣。

微かに瘴気《しょうき》すら発しているそれに、俺は思わず顔を険しくした。
明らかに普通の……いや、真っ当な武器ではない。
魔剣といった類の気配がする。
ライザ姉さんが、以前に言っていた。
魔剣にだけは、決して手を出してはならないと。
実物らしきものを目の当《まあ》たりにすると、その意味がよく理解できる。
あれは……人を破滅させるものだ。
「ラーナさん、その剣は……！」
「できれば、こんなの使いたくなかったんだけどね……。さぁ、目覚めな！」
そう言うと、ラーナさんは短剣の刃に親指を当てた。
たちまち指の腹が裂けて、血が流れ落ちる。
――トクン。
ラーナさんの握る短剣が、微かにだが脈動したように見えた。
彼女はそれを逆手に握ると、一気に牡牛との距離を詰める。
そして、その肩を狙って鋭い突きを放った。
「グオオオオォン⁉」
短剣が牡牛の身体に刺さると同時に、凄まじい悲鳴が上がった。

攻撃が効いている……？

予想外の展開に、俺たちは思わず目を見張る。

どうやらラーナさんの手にしている短剣は、対牡牛用に準備した特別な物らしい。

「さあ、どんどん行くよ！」

次々と攻撃を繰り出し、牡牛の身体をめった刺しにするラーナさん。

血は流れず、傷もできない。

されど、牡牛の生命は確実に削り取られているようであった。

最初に感じていた異様な存在感が、少しずつ薄らいでいく。

その様はまるで、牡牛という存在の塊を短剣で直接削っているかのようだった。

「すげえな……。完全に牡牛を圧倒してるぜ」

「だね。これはボクたちの出番はないかも」

「でもあの武器、気になります。どうにも妖刀のような気配が……」

目を細め、怪訝《けげん》な表情をするニノさん。

妖刀というのは、東方にある魔剣の一種であっただろうか。

彼女も俺と同様に、あの武器を危険だと感じているようだ。

血に反応していたことと言い、どうにも嫌な感じなんだよな……。

「かはっ⁉」

俺たちが心配していた矢先であった。

ラーナさんの口から、不意に血が漏れる。

彼女は自らの胸元《むなもと》を摑むと、崩れるように膝《ひざ》をつく。

いつの間にか顔は蒼白《そうはく》となり、短剣を握る指先からは血の気が失われていた。

「間違いない、あの武器は使用者の命も削るんだ……!!」

「おいラーナ、やめろ！　そのままだとただじゃ済まねえぞ！」

「かまやしないさ！　アタシは、こいつを何が何でも討《う》つ……!!」

よろめきながらも、再び立ち上がるラーナさん。

剣呑《けんのん》な光を放つその眼からは、ただならぬ執念のようなものが感じられる。

どうして、牡牛にそこまで執着するのか。

何故《なぜ》そこまでして、倒さなければならないのか。

理由のわからないロウガさんは、戸惑うように叫ぶ。

「何でそうなるんだ！　俺がいない間に、いったい何があったんだ!!」

「………はっきり言って、逆恨みだよ」

自嘲《じちょう》するように、ラーナさんはそう告げた。

彼女はロウガさんの方を見ると、ぽつぽつと語り出す。

「十年前、アタシはどうして牡牛なんか追ってたと思う？」

「そりゃ、金が欲しいからだろう?」

「じゃあ、どうして金が欲しかったのかわかるかい?」

「借金を返し終えたばかりで、貧乏してるとは言ってたが……。他に何かあったのか?」

問い返すロウガさんに、ラーナさんはすぐには答えなかった。

彼女は深く息を吸い込むと、一拍の間を置いてから答える。

「姉貴を買い戻すためさ」

「なに?」

「コンロンから借金をした話は知ってんだろう? あの話には続きがあってね。うちの馬鹿《ばか》親、姉貴を奴《やつ》らに売り飛ばしてたんだよ」

「なんてこった……」

愕然とするロウガさん。

予想外の話の流れに、俺たちも大いに驚く。

そんな気配、今までのラーナさんからは微塵《みじん》も感じることはできなかった。

明るく面倒見の良さそうな彼女が、まさかそこまで重い過去を背負っていたとは。

人は見かけによらないとは言うが……。

「どうして言わなかった! あの時言われてりゃ、俺だって多少は……」

「お涙頂戴《ちょうだい》は嫌いでね、隠してたのさ。それに駆け出しのアンタにどうにかできる額じゃなかったよ」

そう言うと、ラーナさんは悲しみを湛《たた》えた眼をした。

そして、すべてを諦《あきら》めたかのようにあっさりとした口調で言う。

「だから、アタシは牡牛が守ってるって言う財宝に眼を付けた。それがありゃ姉貴を買い戻せるって。でも結果は惨敗、結局姉貴はどこかの貴族へ売られて行方《ゆくえ》知れずさ」

「じゃあ、何で今頃《いまごろ》になって……」

俺が思わずそう言葉を漏らすと、ラーナさんは大きな声で笑い始めた。

そして、不意に囁《ささや》くような小声で言う。

「だから、八つ当たりなんだよ……」

その弱弱しい声を聞いた瞬間。

俺はラーナさんの背中がいつになく小さく、そして儚《はかな》いものに見えた……。


――○●○――


「姉貴を救えなかったアタシは、こう思った。自分にもっと力があれば、あの時に牡牛を倒せていればばって」

心の底から絞り出すような、悲痛な告白が続く。

俺たちはただ黙って、彼女の話に聞き入った。

場の雰囲気を読んだのか、それとも傷を癒《いや》すのに専念しているのか。

牡牛もまた、静かにラーナさんを睨《にら》むばかり。

斧を構えてはいるが、襲い掛かっては来ない。

「牡牛に勝たなきゃいけなかった。その思いだけが、どうしようもない後悔として残っちまってね。再び牡牛が現れたって噂《うわさ》が流れた時、抑えきれなくなったのさ」

「だが……」

「わかってるよ、今更倒したところでどうにもならない。けど、そういうことじゃないんだよ。こいつを倒さなきゃ、アタシは前に進めないんだ……！」

そう言うと、再び短剣を振りかざすラーナさん。

先ほどは見えなかった力の流れが、今度はハッキリと見ることができた。

この短剣、やはりラーナさんの生命力を糧としているらしい。

白いオーラのような生命力が、腕を伝ってどんどん短剣へと吸い込まれていく。

「ダメだラーナ！　そんな武器使ってたら、死ぬぞ！」

「うるさい！　アタシは――」

もう待ちきれない。

ラーナさんの言葉を遮《さえぎ》り、牡牛が強烈な一撃を繰り出した。

斧で薙ぎ払われたラーナさんは、なすすべもなく吹き飛んでいく。

既にその身体は、短剣に生命力を吸われて限界を迎えていたようであった。

放物線を描くラーナさんを見ながら、ロウガさんが慟哭《どうこく》する。

「ラーナアアアァッ!!!!」

駆け出すロウガさん。

彼はラーナさんと壁の間に滑り込むと、どうにか彼女の身体を受け止めた。

強い思いのなせる業であろうか。

残像ができるほどの動きは、普段の彼をはるかに上回っていた。

「……まさか、アンタに助けられるなんてね」

「これでもう、貸し借りはなしだな。俺も気にかかってたんだよ、あの時助けられたこと」

穏やかな口調で告げるロウガさん。

そう言えば、以前に彼とラーナさんが牡牛と対峙した時。

ロウガさん、ラーナさんが持っていた転移の宝玉のおかげで逃げることができたと言っていたな。

あとで利用料を取られたとかいろいろ文句を言っていたけれど、内心ではありがたく思っていたらしい。

何だかんだ、ロウガさんってすごく義理堅いからなぁ。

「まだ気にしてたのかい。別にもういいのに」

「こっちとしてはよくねえのさ」

「まったく、しつこい男だねえ……」

「……いちゃついてないで、こっち見てください！　まずいですよ！」

「グオオオオォン!!」

天を仰《あお》ぎ、雄叫びを上げる牡牛。

津波のような大音響に、頭が割れそうになる。

伝わってくるただならぬ怒気と憎悪、そして殺気。

傷を癒し、本格的に俺たちを仕留めに来るつもりのようだ。

「まずい……!!　ラーナさん！　その短剣を貸してください！」

「ダメだ！　こんなの貸せないよ！」

「お願いします！　使いませんから！」

「……どうなってもしらないよ！」

そう言って、短剣を投げてくるラーナさん。

それを受け取った瞬間、俺は猛烈な脱力感に襲われた。

ラーナさん、今までこんなのを手にして戦ってたのか……！

想像を超える副作用に、俺は思わず顔をしかめた。

まるで、手足に鉄球でも括《くく》りつけられたかのようだ。

力を入れた傍《そば》から、抜けて行ってしまう。

「ジーク、大丈夫⁉」

「平気です！ なるほど、こいつはそういう原理で……」

いかなる原理で、この短剣は牡牛にダメージを与えているのか。

魔力探知で調査を始めた俺は、すぐにその原理に到達することができた。

どうやらこれは、吸収した生命力を圧縮して直接相手にぶつけているらしい。

生命力は根源的で非常に純粋な力の塊である。

なるほど、この方式ならば相手が何だろうと通用するだろう。

使用者の命を削るため、決して褒められた方法ではないけれど。

これを作った人間は、人の命を使い捨てることに何のためらいも覚えないらしい。

想像するだけで、胸に嫌な感情が込み上げてくる。

「どうだ、いけそうか？」

「……難しいですね。こいつと同じ方法であの牡牛を倒そうとしたら、誰か死にますよ」

「やっぱりそうか。ちっ、ここは引くしか……うごっ⁉」

「ロウガ⁉」

俺たちの前方にいたはずの牡牛。

それが一呼吸もしないうちに、後方にいたロウガさんの前へと移動していた。

――瞬間移動。

こいつ、そんな芸当まで出来たのか！

一度ダメージを与えられたことで、いよいよ本気を出してきたようだ。

「お前ら……逃げろ……！」

「そんなことできませんよ！　くっ⁉」

牡牛の姿が再び瞬き、今度は俺の前に現れた。

振り下ろされる巨大な斧。

俺はとっさに身を捻《ひね》ると、どうにかその一撃を回避する。

ドンッと重低音が響き、迷宮の床が揺れた。

こんなの直撃したら、流石の俺でも死ぬかもしれない。

背中がゾワリとして、額に汗が浮いた。

「いったいどうすれば……！」

「グラアアアッ‼」

咆哮を上げ、再びこちらに迫ってくる牡牛。

こんな時、ライザ姉さんだったらどうするのだろう。

思考が加速する中で、俺はふとそんなことを考えた。

剣聖である姉さんならば、この牡牛であろうと打ち倒すことができるだろうか？

俺の脳裏《のうり》に、牡牛を打ち倒す姉さんの姿がありありと浮かび上がってくる。

姉さんだったらきっと、こいつでも倒せるはずだ。

何故なら――。

「そうだ……！　あの時の技を使えれば……！」

第七迷宮で最初に遭遇したオーガスケルトン。

あれを倒した時に姉さんが使った技を、俺も使うことが出来たなら。

この牡牛をも、切り裂くことができるのではなかろうか。

いや、原理的には間違いなく斬れる……!!

あの技は魔力の流れを断ち斬《き》る業だが、基本的に斬れないものはないはずだ。

「やるしかない……!!」

剣聖である姉さんですら、習得に数か月かかったという大技。

それを俺は、ぶっつけ本番で打つしかないようだった……。

閑話

長女の直感

ノアたちが牡牛《おうし》と対峙《たいじ》していた頃。

一日のスケジュールを終えたアエリアは、部屋で読書をしていた。

こうして知識を蓄えることもまた、彼女にとっては仕事のうちである。

『商業論』と記された分厚い本のページを、彼女は次々と繰る。

既に何度も読み返しているのであろう。

本のあちこちに付箋が貼《は》られていて、彼女の勉強熱心さを表していた。

「……おっと、そろそろいい時間ですわね」

気が付けば、時刻は既に日付が変わる頃となっていた。

これ以上起きていると、流石《さすが》に明日の業務に障りが出る。

アエリアは軽く背中をそらすと、ふあぁと大きなあくびをした。

そしてそのまま、ゆったりとベッドに向かって歩き出す。

だがそこで、彼女の部屋の扉が乱暴に押し開かれた。

「アエリア様、大変です‼」

「今日の執務は既に終了しましたわ」

焦《あせ》った表情の秘書に、至極あっさりとした口調で告げるアエリア。

よほどのことでもない限り、頭の冴《さ》えない深夜に仕事は絶対しない。

それが彼女の順守するマイルールの一つであった。

こうしておかないと、多忙で寝る時間すら無くなってしまうためである。

しかし今回は「よほどのこと」に見事該当する事案であった。

「商会で管理する迷宮で、緊急事態が起きました」

「魔物の大移動でもありましたの？　もしくは、変異種の出現？　いずれにしても、詳しい報告を上げるのは朝でもいいでしょうに」

「それが……」

妙に口ごもる秘書。

じれったくなったアエリアは、少し強い口調で問いかける。

「どうしたって言うんですの？　はっきり言いなさい」

「特別監視対象に関《かか》わる事案なのです」

特別監視対象。

それは、アエリアの弟であるノアに与えられた別称である。

ノアに関する事態は、いついかなる時でも最優先して報告するように。

アエリアはそう部下たちに厳命を下していた。

「なんですって？　まさか、ノアが魔物にでも襲われましたの⁉」

「いえ、迷宮に潜っているのですからそれは当たり前かと……」

「じゃあなんですの！　今すぐに言いなさい！」

ノアに関する事態と聞いて、いてもたってもいられなくなったアエリア。

彼女は深夜にもかかわらず声を荒らげると、報告を急《せ》かした。

そのただならぬ声色《こわいろ》に秘書は冷や汗を掻《か》きつつも、できるだけ冷静に告げる。

「ええっと。迷宮の床を破壊したそうなのです」

「はい？」

「ですから、迷宮の床を剣で破壊したそうでして」

「…………ッ！」

驚きのあまり、とっさに言葉が出てこないアエリア。

迷宮の壁や床を破壊することは、現代においてはほぼ不可能だからである。

剣聖であるライザならば、かろうじて理解もできるのだが……。

まだ成長途中であるはずのノアがこれを成し遂げてしまうとは、全く予想外であった。

「驚きましたわね。まさか、ノアがそこまで出来るとは……」

「休憩所の付近で床を破ったようでして、目撃者が多数おります。すでに結構な騒ぎです」

「場所はどこですの？」

「第十三迷宮です」

「うちの管理ですわね。すぐに緘口令《かんこうれい》を敷いて事態を収拾なさい。騒ぎが大きくなるといろいろ面倒ですわ」

「承知しました」

「うまく理由を付けて、迷宮への立ち入り自体をしばらく制限なさい。床の穴も、可能であれば修理するように」

その言葉を聞いて、すぐさま秘書は各所に指示を飛ばし始めた。

一方で、残されたアエリアは何か引っかかるものを感じて思考を始める。

「しかし、ノアがそれほど目立つ行動をするのは妙ですわね……」

勢いだけで行動しているライザとは違って、ノアはそれなりに考えて動くことができる子である。

アエリアが目を光らせている迷宮都市で、そこまで大胆な行動をとるとは考えにくかった。

現に、今までは取引にも仲介者を使うなど気を使っている様子だったのである。

それが何故《なぜ》、いきなり行動を起こしたのか。

アエリアは机に伏して思考をさらに深めていく。

「よほどの何かが迷宮内部で起きたということ……。そう言えば、例の噂《うわさ》はどうでしたの？」

「緋眼の牡牛、についてですか？」

「ええ。検証はできましたの？」

アエリアの問いかけに、秘書は眉《まゆ》を寄せて渋い顔をした。

彼は軽く息を吸うと、少しためらうように言う。

「それが、総力を挙げて調査しているのですがまだ真偽の確認が取れていません」

「あれだけ時間がありましたのに、証拠が見つかりませんの？」

「ええ、以前に行われたギルドの調査以上のことはまだ」

「ということは、逆に存在していないとは言い切れないということですわね？」

「むしろ、状況的にはいると考えた方が自然かと」

秘書の答えに、アエリアはさらにしばらく逡巡《しゅんじゅん》した。

やがて彼女は何かを決意したように視線を上げる。

「なるほど。そうなると、ノアは牡牛に遭遇した可能性がありますわね」

「確率的にそれは考えにくいのでは？」

「いえ、昔からあの子はそういうことに巻き込まれやすいんですの」

そこまで言うと、アエリアはふうっと大きく息を吐いた。

そしてすっと椅子を立ち、凛《りん》と声を張る。

「あの子がどこで騒ぎを起こしたのか、わかりますわね？」

「もちろんです」

「すぐに出かけますわ。支度《したく》をして頂戴」

「しかし、現場はダンジョンの中です。危険すぎます」

「問題ありません。いざとなれば、あれを使いますわ」

「ダンジョンの内部でですか？」

「ええ。第十三迷宮は、内部がかなり広かったはず。行けますわよ」

そう言って、意味深な笑みを浮かべるアエリア。

彼女の言う「あれ」を動かせば、相当なコストがかかるのだが……。

そのようなことは既に、頭にないようであった。

「待っていなさい、ノア。今すぐに行きますわ……!!」

そうつぶやくアエリアの表情は、かつてないほどの焦りの色が浮かんでいた——。

第八話

炸裂、魔を斬る剣

「すうぅ……はあぁ……」

雄叫《おたけ》びを上げながら、暴《あば》れ回る牡牛《おうし》。

俺《おれ》は深呼吸をしながら、できるだけそこから意識を離した。

静かに、そしてできるだけ深く。

意識を自分の奥深くに沈めて、可能な限り平静に周囲を観察する。

時間の感覚が自然と遅くなり、牡牛の動きが間延びして見えた。

もっともっと静かに、もっともっと深く。

やがて周囲から色が消えて、牡牛の姿がぼんやりとしたオーラの塊のように見えてくる。

どうやらこれが、牡牛という存在の本質であるようだった。

不安定だが、非常に強力な力の塊だ。

「……よし」

黒剣を低く構え、牡牛の首元を見据える。

俺はそのままヌルリと体重移動をすると、一気に前方へと飛び出した。

あの時の姉さんの一挙手一投足を思い出し、それを丁寧になぞっていく。
そして――。
「魔裂斬ッ!!!!」
黒剣がにわかに光を放ち、白い軌跡を描き出した。
――いけたッ!!
ほんのわずかにではあるが、切っ先に抵抗を感じた。
牡牛という存在に、今間違いなく刃が食い込んでいる。
ぶっつけ本番でうまく行ったことに、俺は思わず叫びそうになった。
このまま一気に行こう！
俺は力を強めると、牡牛の巨体をそのまま両断した。
しかし……。
「グオオオオォアアア!!」
刃が通り過ぎた直後、牡牛が恐ろしいほどの咆哮《ほうこう》を上げた。
その迫力には、何の衰えも見いだせない。
――全く効いてない!!
予想外の出来事に、俺の反応は大きく遅れた。
咆哮を無防備に聞いてしまい、脳が震えて身体が動かなくなる。

「うごっ⁉」

「ジーク‼」

強烈な一撃を食らい、身体が吹っ飛んだ。

あまりの衝撃に、痛みが遅れてやってくる。

クソ、攻撃が浅かったか……‼

浅いと言っても、物理的に浅かったわけではない。

相手の概念的存在の表層的な部分しか、斬れなかったようなのだ。

「やっぱり無理だったのか……⁉」

剣聖である姉さんですら、習得に時間のかかった技である。

才能の無い俺が見よう見まねで放とうなんて、土台無理があったのかもしれない。

いや、かもしれないではなく無茶なのだ。

普通に考えて、成功するはずのない挑戦を俺はしている。

「大丈夫？　怪我《けが》は⁉」

青い顔をしてこちらに駆け寄ってくるクルタさん。

彼女からポーションを貰《もら》った俺は、すぐさまそれをがぶ飲みした。

痛みがわずかに引き、身体が軽くなる。

「ありがとうございます……！」

「無理はいけないよ。逃げよう」

「ダメです。こいつは俺が倒します」

「どうして！」

俺のことを心配してくれているのだろう。

クルタさんは俺の顔を見て、悲痛な声で呼び止める。

けどここで、止まるわけにもいかない。

「ラーナさんにあんな話を聞かされて、ほっとけるわけないじゃないですか」

「……そりゃそうかもしれないけどさ」

「そうだよ。アタシとあんたは他人なんだ、気にすることなんてない」

あえて、突き放すような言動をするラーナさん。

俺が犠牲となることを、本気で嫌がっているようである。

……やっぱり、優しい人なんだな。

俺は彼女の方を見ると、あえて笑いながら言う。

「ラーナさんのためだけじゃないですよ。俺も、こいつが守ってる宝物庫に興味があるんです」

この牡牛は、自然に生まれた魔物ではない。

迷宮を乗っ取った大魔導師グレゴールが、自らの宝物庫を守護するために生み出した存在である。

いくら今より魔法技術の発達していた古代文明の時代とは言え、これほどの魔法生物だ。

グレゴールという人物は、さぞかし凄腕《すごうで》の魔導師だったことだろう。

そんな人物の拵《こさ》えた宝物庫だ、きっと中身がぎっしり詰まっているに違いない。

俺は建前《たてまえ》ではなく、本気で宝物庫のことが気になっていた。

「……そういう理由じゃねぇ。止められないじゃないのさ」

「ははは、冒険者らしくていいじゃねえか」

「俺にそんな湿っぽいのは、似合いませんから」

ラーナさんとロウガさんの言葉に軽く応じると、俺は自分で自分を奮い立たせた。

戦いというのは、結局のところ気力と気力のぶつかり合いだ。

重いものを背負うのもいいが、あまりに重すぎると潰《つぶ》されてしまう。

俺が戦う理由は、このぐらいで十分だ。

自分の目的のために、精いっぱい頑張るぐらいでちょうどいい。

「けど、どうするんですか？　攻撃は通じていないようですが……」

「一回でダメなら、何回も切ればいいんだよ！」

俺はそう言うと、牡牛に向かって飛び出し先ほどと同じ場所を斬った。

——浅い!!

またもや存在の表層を切るばかりで、根源に達していないようだった。

けれど、ほんのわずかにではあるが深まったような気がする。

一回でダメなら二回、二回でダメなら三回。

気力が折れさえしなければ、いつかは斬れる……!!

「グオオオオ⁉」

「牡牛が苦しんでる⁉」

「あと少し！　きっとあと少しだよ!!」

「おっらあああああっ!!」

最後のひと押し。

感覚的にもそれがわかった俺は、いよいよ気力を振り絞った。

少しずつ牡牛の存在を削り、刻んだ傷。

そこを正確に狙《ねら》って、全力の一撃を放つ。

――重い！

敵の存在に深く入り込んだのであろう。

何かにからめとられたかのように、剣が重くなった。

けれど、これこそいま牡牛を斬っているという証《あかし》。

負けられない、ここまで来て負けてたまるか……!!

「いけ、ジーク!!」

「斬っちまえ！　そんなやつ、ぶちのめしちまいな！」

「そりゃあああああっ!!」

みんなの声援を受けながら、限界を超えて力をひねり出す。

すると、斬れた。

牡牛の身体が真っ二つに裂け、上半身が滑り落ちる。

……やった、できた。

俺にもできた、できたんだ……！

ライザ姉さんほど綺麗《きれい》ではないけれど、間違いなく斬れている……！

身体の底から、にわかに勝利の喜びと達成感が湧き上がってきた。

「勝った、勝ったんだ!!!!」

こうして俺は、迷宮の伝説に見事勝利したのであった――。


――○●○――


「まさか、本当に倒しちまうなんて。大したもんだよ」

半ば呆《あき》れたようにつぶやくラーナさん。

彼女は牡牛の亡骸《なきがら》に近づくと、徐々に消えゆくその巨体を見下ろす。

その表情が心なしか憂いを孕《はら》んでいるのは、牡牛を彼女自身の手で倒せなかったからであろうか。

それとも、復讐《ふくしゅう》の虚《むな》しさを感じているからなのだろうか。

完全に気分が晴れたというわけではなさそうだが、とりあえずはこれで一区切りである。

「これで一安心だな。にしてもラーナ、お前はあんなもんどこで仕入れたんだ？」

俺の腰に収められた短剣。

それを見やりながら、ロウガさんが怪訝《けげん》な顔で問いかける。

そう言えば、こんな武器をラーナさんはどこで仕入れたのだろう？

ダンジョンでドロップした遺物か何かだろうか。

「……買ったんだよ」

「どこで？」

「言わなくてもわかるだろう？　こんなヤバい物取り扱ってるのはあそこぐらいさ」

「まさか……!!」

ラーナさんの言わんとしていることを察して、驚いた顔をするロウガさん。

この雰囲気からすると、あの短剣の出所はコンロン商会だろう。

大陸一の闇《やみ》商人である彼らならば、これぐらい危険な武器を取り扱っていても別に不思議ではない。

「何でよりにもよって！　お前を苦しめた連中だろ⁉」

「腐れ縁って奴《やつ》かね。あいつら、借金を返した後もちょくちょく取引を持ち掛けてきたんだよ。今まではもちろん全部断ってたのだけど……」

「牡牛の噂《うわさ》を聞いて、強力な武器が必要になったと」

「そう。それでこの短剣を買ったってわけさ。言っとくけど、ヤバいものを売ったりはしてないよ」

そう言えば、バンズさんが言ってたっけ。

最近、ラーナさんがお金に困っていたって。

きっと、この短剣を買う費用を捻出するために節約していたのだろう。

命を削るとはいえ、これほどの威力を誇る武器である。

恐らくは相当に値が張ったに違いない。

暗殺組織などからしてみれば、喉《のど》から手が出るほど欲しい武器だろうし。

「そのあたりは、あとでギルドの取り調べを受けるべきだね」

「ああ、逃げも隠れもしないよ」

「悪くても、ギルドカードの一時停止ぐらいで済むと思いますよ」

ニノさんの言葉に、力なく笑って答えるラーナさん。

ギルドカードの停止というのは、ギルドの罰則の中で三番目に重い処分である。

長いと数か月にわたって冒険者として活動できなくなってしまうので、新人の中にはこれを機に冒険者をやめてしまうものもいるとか。

流石《さすが》にラーナさんの場合、そこまではいかないと思うけど。

「んじゃ、そろそろ行くか」

「ちょっと待ってください！」

さっさとその場から立ち去ろうとするロウガさん。

俺は慌てて彼を呼び止めると、牡牛の亡骸が消えた後を捜索した。

牡牛が守っているという宝物庫はどこにあるのだろう？

倒せばヒントになるものが出てくるんじゃないかと期待したのだけど……。

なかなかどうして、それらしきものが見つからない。

「あ、これは……？」

「それですよ！」

やがて、ニノさんが壁際で何かを拾った。

どうやら、もともと違う場所に落ちていたものを誰《だれ》かが蹴飛《けと》ばしてしまったらしい。

俺が急いで預かると、それは小さなカギであった。

これは……間違いない！

大魔導師グレゴールの遺《のこ》した宝物庫へのカギだ！

「すごい、本当にあったんだ……!!」

「ひょっとして……そいつは宝物庫のカギか!?」

「ええ、間違いありませんよ！」

「やったじゃないか！　世紀の大発見だよ!!」

「まさか、本当に見つかるなんて……!!」

みんな、内心では宝物庫があるかどうか半信半疑だったのだろう。

俺が手にした鍵《かぎ》を見て、揃《そろ》って驚愕《きょうがく》の表情を浮かべた。

無理もない、古代文明の魔導師が作った宝物庫なんておとぎ話のようなものだから。

「けど、肝心の場所がわからねえぞ」

「言われてみれば。いったいどこなんだろう？」

「何か、ヒントになるようなものはないのかい？」

「うーん、カギ自体には手掛かりになるようなものは……うーん」

改めて観察してみるが、カギにはこれと言ってヒントになるようなものはなかった。

何らかの魔法が掛けられているようだが、これだけでは宝物庫の場所などわからない。

意匠もいたってシンプルで、特定の場所を示すようなものではなかった。

「ひょっとして、どこかのダンジョンの最下層とかなんじゃないかい？　普通、宝物庫ってそういう場所だろ？」

そう言って、自分で自分の言葉にガッカリとするラーナさん。

ダンジョンの最下層にたどり着いた探索者は未《いま》だにいない。

そこに宝物庫があったとして、取りに行くことなんてできなかった。

まさしく、骨折り損のくたびれ儲《もう》けというやつだ。

「……あーあ。アタシって、なんてバカなんだろう。考えてみりゃ、こういう可能性もあったわけだ」

「ははは、こいつは傑作だな。カギだけあっても、何の意味もねえじゃねえか」

「ま、綺麗なカギだからそこそこ高くは売れるんじゃない？」

俺の手にした鍵を見て、からかうように言うクルタさん。

翼を模したようなデザインのそれは、好事家ならばそれなりに金を出しそうだ。

今日の手間賃ぐらいにはなりそうである。

もっとも、宝物庫に眠っているであろう財宝と比べるとあまりにも価値は少ないのだが。

「とにかく、今日のところは帰るとしようぜ。床をぶち抜いたんだ、今ごろとんでもない騒ぎになってるぞ」

「そうですね、姉さんに眼を付けられないうちに戻らないと」

「とりあえず、私たちの降りてきた縄を使えば十階に戻れますよ」

「けど、ボスはどうすんだ？　行きは落ちるだけだったから、すり抜けてきたが……」

帰り道のことを想像して、顔をしかめるロウガさん。

行きはボスを素通りしてきたけれど、帰りはそういうわけにもいかないだろう。

勝てない相手ではないが、みんなそれなりに疲れている。

できれば戦いたくないというのが、本音だった。

「ま、仕方ないですよ。ボスさえ倒せば、転移門で移動できますし」

「アタシも手を貸すよ」

「お前はやめとけ、まだ完全に回復出来てねーだろう」

そう言うと、ロウガさんはラーナさんに背中を向けた。

そして、こっちにこいと軽く手招きをする。

「負《お》ぶってやるよ」

「いいのかい？　アンタも疲れてるだろ？」

「お前よりはマシだよ」

「しょうがないねえ。言っとくけど、尻《しり》は触るんじゃないよ」

「今さら、お前の尻なんか興味ねーよ！」

軽口を叩《たた》きながらも、ロウガさんは優しくラーナさんをおんぶした。

こうして皆で縄を登り、ボスの間へと入った瞬間。

床に刻まれていた魔法陣が、何故《なぜ》かボスを倒していないのに輝き始める。

これはもしや……宝物庫のカギのせいか？

急いで取り出してみれば、鍵全体が青い光に包まれていた。

そうか、こいつは転移門に反応するのか!!

なるほど、それならば宝物庫がどこにあろうと簡単に出入りできる。

流石は大魔導師、考えたものだ。

「いけますよ!!　宝物庫に!!」

俺がそう叫んだ瞬間、俺たちの身体はどこかへと消えていくのだった。


―○●○―


「これが大魔導師グレゴールの宝物庫……。にしては、辛気臭い場所だな」

転移独特の浮遊感が収まると、俺たちの目の前に広がっていたのは地下室のような空間であった。

恐らくは、グレゴールが亡くなってから誰も立ち入る者などいなかったのであろう。

薄暗い室内は、埃《ほこり》と黴《かび》が混じりあったような匂《にお》いで満ちていた。

どこからか地下水でも染《し》み出しているのだろうか？

湿気もひどく、肌が濡《ぬ》れるようだ。

「宝物庫というよりは、実験室ですかね？」

「そうみたいだね。なんか変な物もいっぱい置いてあるし」

壁際には本棚が置かれ、大量の資料で埋め尽くされていた。

その量はかなりのもので、ちょっとした図書館のようである。

さらに得体の知れない実験器具らしきものも、そこかしこに置かれている。

劣化しないように魔法が掛けられていたのだろうか。

瓶詰《びんづめ》のポーションらしきものまで、棚に並べられていた。

「これのどこが宝物庫だよ……。やっぱりガセネタだったたってことかねえ」

「いや……ここにあるものはどれもお宝ですよ」

本棚に置かれている本を手に取ると、古代文字で記された魔導書であった。

中身は……たぶん、錬金術に関するもののようだ。

永遠の従者を生み出す方法などと記されている。

俺の知識では完全に解読することはできないが、間違いなく第一級の資料だろう。

同じ大きさの金塊などよりも、よっぽど価値がある。

専門家に見せたら、泣いて喜ぶ類のものだな。

「ここの中身を売れば、国ひとつ買えますよ」

「マジか……！」

「そう聞くと、急にお宝の山に見えてきたねえ……」

「もう、二人とも現金だなぁ」

急に眼を輝かせるロウガさんとラーナさんに、クルタさんは呆れたようにつぶやいた。

まあ、二人ともお金がなくて困ってるだろうからなぁ……。

ロウガさんの場合は、ほとんど自業自得だけれども。

酒は命の水とか言って、だいたい毎日飲んでるし。

「まあ、売れませんけどね」

「え？」

「見た感じ、ほとんど闇の魔法に関するものですから。こんなの外に出したらヤバいですよ」

「つまり……ほとんど持ち出せないってことかい？」

「ええ。一部のポーションとかは行けそうですけど、それぐらいですかね」

「なんだい、それじゃ知れてるねえ……」

「ざっと、一人百万ってとこでしょうか」

「ううーん……まぁ、それだけ貰えるなら儲けか」

そう言って、ロウガさんはいくらかほっとしたような顔をした。

苦労した甲斐《かい》はあったといったところであろうか。

彼はさっそく、お金を使う算段を付け始める。

すると——。

「ダメですよ、遊びに使っては」

「……俺が俺の分け前をどう使おうと、勝手だろう?」

「盾のメンテナンスをしないと。ついでに、少し改良してもらってはどうですか」

言われてみれば、今回も結構無茶してたもんなぁ。

ニノさんにそう促されて、ロウガさんは渋々ながらも頷《うなず》いた。

彼自身でも盾の消耗には気づいていたのだろう。

「それより、これなんだろう?」

「どれです?」

「ほら、このレバーみたいなの」

クルタさんに言われてみれば、部屋の端に見慣れないレバーのようなものがあった。

ひょっとして、ここの他にもう一部屋あるのか?

俺たちの間で、にわかに期待感が高まった。

仮に二部屋あるとするなら、片方が研究室で片方が資材置き場というのはありがちである。

これだけの研究室を構える大魔導師なら、きっとさぞかし貴重な材料をため込んでいることだろう。

ひょっとすると、儀式魔法に使う宝石とかあるかもしれない。

俺は魔力探査で妙な仕掛けがないことを確認すると、さっそくレバーを倒してみる。

たちまち重々しい音とともに、部屋の壁が動き始めた。

「これは……なんだ？」

「魔法陣がいっぱい？」

てっきり、資材置き場か何かがあるのかと思ったのだが。

壁の先に広がっていたのは、大きな広場のような空間であった。

さらにその床にはちょっとした段差が設けられており、何かの台座のようになっている。

台座は全部で十三か所、それぞれに転移の魔法陣が刻まれていた。

「転移門みたいだが……よくわからねえな」

「どこに繋《つな》がってるんだろう……？」

「これもしかして、それぞれの迷宮に繋がってるんじゃないか？」

言われてみれば、十三という数はちょうど迷宮の数と一致していた。

十三番目が見つかったのは最近だけれど、グレゴールは既に発見していたのだろう。

となるとこれは、それぞれの迷宮へのショートカットコースといったところであろうか。

「ひょっとして、この先にさらなるお宝の山があったりしてな！」

「いやいや、きっとすんごいボスがいる場所じゃない？」

「迷宮の最下層、とかかもしれません」

台座を指さして、あれこれと推測するロウガさんたち。

流石にそんなことはないだろうと思うが、どこに繋がっているのか気にはなる。

ひょっとして、まだ誰も到達したことのない場所とか？

そう思うと、好奇心がムクムクと沸き起こってきた。

「……行ってみても、いいですか？」

「え？」

「だって気になるじゃないですか。宝物庫からの転移陣ですよ？」

「まぁ、気持ちはわかるが……」

「いいんじゃないの。けど、無理は絶対にしちゃ駄目だからね！」

「わかってますって」

ポーションをがぶ飲みしたおかげで、身体の具合はだいぶ良くなっていた。

この分なら、行った先にヤバい魔物がいたとしても逃げるぐらいはできるだろう。

それに、グレゴール自身が使うための安全対策などもあるに違いない。

俺はクルタさんの言葉に深くうなずくと、そのまま台座の上に乗った。

たちまち魔法陣の光が強まり、景色が歪《ゆが》んでいく。

そして――。

「ん？　ここは……なんだ？」

やがてたどり着いたのは、白を基調とした聖堂のような空間であった。
俺が乗った台座は、確か十二番目だったはずだ。
だから恐らく、第十二迷宮の中だと思うけど……。
俺たちが潜ってきたこれまでの迷宮とは、明らかに雰囲気が異なっている。
ファム姉さんに連れられて、何度か出かけたことのある聖十字教団の大聖堂。
あの場所によく似た神聖で厳かな空気が満ちていた。
高くアーチを描く天井《てんじょう》を見ていると、自然と背筋が伸びてくるよう。
周囲には魔物の気配もなく、心地よい静寂がある。
「ひょっとして、隠し通路なのか？」
第十二迷宮の隠し通路。
俺たちの旅の目的地だが、俺はこの場所がひょっとしてそこなのではないかと思った。
この場に漂う神聖な空気と教団のイメージが、ぴったりと嚙《か》み合《あ》ったからだ。
「だとしたら……」
ここにあるはずだ。
かつて聖女が勇者から預かり、ここに封印したという聖剣が。
俺は周囲を見渡しながら、ゆっくりと歩を進める。
聖剣がどんな姿をしているのか、俺は知らない。

まさかそこらに打ち捨てられているようなことはないだろうけど、気を付けなければ。

ひょっとすると、俺が思いもよらないような形をしているかもしれない。

「……これか?」

こうして通路を歩くこと数分。

巨大な扉を押し開いた先に、その剣は静かに佇《たたず》んでいた——。

第九話　激突！　長女対弟

「ふーっ！　流石《さすが》にちょっと疲れましたね！」

数時間ぶりに地上に戻って来た俺《おれ》は、胸を広げて深呼吸をした。

第十三迷宮の上層部は自然を模したような空間となってはいるが、やはり地上とは空気の味が違う。

深夜の涼やかな風が、疲れて火照った身体を撫《な》でて心地よかった。

「何事もなく出られてよかったぜ」

「ええ。目的も達成することが出来ましたしね」

「ほんとほんと！」

俺のマジックバッグを見ながら、朗らかに笑うロウガさん。

聖剣を入手するまでに、まだ一か月はかかると思っていたものである。

それが思いがけず、あっさりと手に入ったのだ。

ご機嫌になるのも無理はないだろう。

しかしクルタさんが、どこか納得のいかない様子で言う。

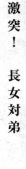

「けど、あれが本当に聖剣なの？　錆《さび》だらけだったけど」


俺が隠し通路から持ち帰ってきた聖剣は……ううーん。

まあ何というか、ものすごく年季が入っていた。

百年ぐらいずーっと野晒《のざら》しにされていたかのようである。

普通、聖剣のような力のある剣はそう簡単に錆《さ》びたりはしないのだけど。

その耐久性をも上回る年月を放置されていたのかもしれない。

「でも、間違いないと思いますよ。あの通路にあった剣はそれだけでしたから」

「そもそも、隠し通路じゃなかったかもよ？」

「それはないです。だって、入り口にものすごく強力な封印が掛けられてましたから」

当時の教団関係者が仕掛けたものであろうか。

通路の入り口には、恐ろしく強力な結界が張られていた。

シエル姉さんでも解除できなさそうなほどに、複雑で大掛かりな物である。

聖剣を封印した隠し通路でもなければ、わざわざこれほどのものを準備しないだろう。

「……ま、とにかく今日は休もうぜ。疲れちまった」

「ですね」

「そうだ、宿はどうしよう？　こんな時間じゃ、どこも空いてないよ」

「だったら、アタシのとこへ来な。主人とは長い付き合いだ、融通が利《き》くよ」

そう言って笑うラーナさん。

助かった、この時間からだとなかなか宿も取れないからなぁ。

こうして俺がほっと胸を撫で下ろしたその時であった。

通りの向こうから、思わず飛び上がってしまうほどの大声が聞こえてくる。

「ノアッ!!!!」

「ア、アエリア姉さん⁉」

通りの向こうから走ってきたのは、何とアエリア姉さんだった。

ど、どうして姉さんがここにいるんだ⁉

もしかして、俺が迷宮で騒ぎを起こしたことがもう伝わったのだろうか。

けど、それにしたって早すぎる。

ひょっとして姉さん、迷宮の中でも俺を監視しているのか⁉

暗闇《くらやみ》から俺を監視する姉さんの姿を想像して、俺はたまらずげんなりとした。

流石にそれはちょっと嫌すぎる。

「無事だったんですのね！　心配しましたわ、迷宮の床を破ったなんて聞いたものですから」

「あはは……もうそんなことまで伝わってたんですね」

「笑い事ではありませんわ！　あなたがそんな騒ぎを起こすなんて、よほどのことがあったのでしょう?」

「ええ、まあ……」

さっそくの質問攻めに、タジタジになってしまう俺。

そうしていると、ラーナさんが呑気《のんき》な顔で尋ねてくる。

「誰《だれ》だい、この美人さんは。ぼうやの家族かい?」

「な! 何ですのあなたは! ずいぶんと破廉恥《はれんち》な格好で!」

「わわ、話がややこしくなる!?」

戦いでボロボロになった鎧《よろい》を脱ぎ、ラーナさんはラフな格好をしていた。

露出の多いその服装は、本人のスタイルの良さもあってかなり刺激的である。

その姿を見て、アエリア姉さんは激しく反応した。

やばい、これはかなりやばいぞ……!!

姉さんは昔から、俺に近づく女性には厳しかった。

特に美人だったりスタイルが良かったりすると、それはもううるさいのだ。

クルタさんたちのことは、既に知っていたのかあまり言わなかったけれど……。

こりゃ、ただじゃ済まないぞ……!

「破廉恥とは言うねえ。あんただって、人のこと言えないじゃないのさ」

「わたくしのドレスと一緒にしないでくださる? これ、いくらしたと思っているんですの?」

「値段は関係ないだろう？」

「ああ言えばこう言う……うっとおしいですわね！」

額を押さえて、苛立《いらだ》ちを露《あら》わにする姉さん。

やがて彼女は深呼吸をして気分を落ち着かせると、改めて俺の方を見た。

「とりあえず、ノアが元気そうで何よりでしたわ。中で何がありましたの？」

「強力な魔物が出て、それと戦ったんです」

「ひょっとして……。その魔物、赤い眼をしたミノタウロスではなくて？」

アエリア姉さんの言葉に、俺はどきりとした。

姉さん、牡牛《おうし》の存在を知ってたのか……。

まあ、街を牛耳っているフィオーレ商会の代表なのである。

それぐらいはむしろ当然なのかもしれないが、少し驚いてしまった。

実家ではそう言った話題を、できる限り避けているようだったから。

「ええ。知ってたんですね、姉さん」

「当然ですわ。しかし、ライザ不在でよく撃退出来ましたわねぇ……。かなり強力で厄介な魔物だと聞いていましたが」

「あ、いや。倒しました」

「……はい？」

俺の答えに、姉さんは間の抜けたような返事をした。

あ、これは……。

俺は自分がやらかしてしまったことを察するが、とっさにうまく言い逃れができない。

みんなに助けを求めようと目を向けるが、逆に生暖かい笑みを返されてしまった。

「倒したってどういうことですの？」

「いや、普通に……討伐《とうばつ》したってことだよ。牡牛を」

「……⁉　あの伝説の魔物を⁉」

「はい」

「ライザもいないのに⁉」

「ええ」

恐る恐る俺が返事をすると、アエリア姉さんはその場で固まってしまった。

まずい、これはきっと怒られる……‼

アエリア姉さんは、昔から俺が危ないことをするとすごく怒ったからなぁ。

冒険者になりたいという俺の夢に対して、最も強く反対していたのも彼女である。

――ノアはどんくさいのだから、危ないことはやめてうちの商会で働きなさい。

俺の人生において、千回ぐらいは言われたセリフだ。

実際、本気でそうしようと考えた時期もある。

そうしたらしたで、今度は「商売を甘く見てはいけない」とアエリア姉さんは言ってきたのだけど。

ほんと、姉さんたちは俺がどうなっていくのが理想だったのだろうか？

「…………」

「あの、アエリア姉さん？」

「…………」

「どうしたんですか？」

呼びかけても、何故《なぜ》か返事が戻ってこない。

あれ、おかしいな？

不審に思った俺が姉さんに近づき、その肩を揺らすと……。

「き、気絶してる!?」

ふらりと倒れる姉さん。

その姿を見て、俺はたまらず悲鳴を上げるのだった。


――○●○――

「まさか、ノアがそこまで成長していたとは……思いもよりませんでしたわ」

しばらくして、意識を回復させたアエリア姉さん。

彼女はゆっくりと起き上がると、心底驚いたような眼で俺を見た。

きっと、姉さんの中では俺はまだまだ子どもだったのだろうなぁ……。

まぁ、俺が急成長を始めたのは家を飛び出してからのこと。

それからずっと会っていないのだから、姉さんがそれを知らないのも無理はない。

「俺も成長してるってことですよ」

「ぐぐ……。それは認めざるを得ませんわね」

「じゃあ、今日のところはこれで――」

これ以上関《かか》わると、また話がややこしくなるような気がする！

俺はさっさと会話を打ち切りにすると、早々にその場から立ち去ろうとした。

しかし、アエリア姉さんが異様な瞬発力で回り込んでくる。

その動きの早さときたら、残像が見えてしまうほど。

およそ一般人とは思えないそれに、クルタさんたちも驚いてしまう。

「すご……」

「ふ、わたくしからは逃げられませんわ」

「べ、別に逃げるつもりなんて。あはは……」

「まったく。昔からノアは、わたくしを過剰に怖がるのですから」

だって、アエリア姉さんはいろいろ理詰めで問《と》い質《ただ》してくるからなぁ……。

個人的には、ライザ姉さんよりも怖いとさえ思う。

ライザ姉さんの場合、それっぽいことを言えば納得してくれることも多いし。

調子よく乗ってくれることもあるんだよな。

「……それで、宝物庫はどうでしたの？」

「え？」

「牡牛が守っていた宝物庫ですわ。その様子だと、入ったのでしょう？」

流石はアエリア姉さん、そこまでお見通しだったらしい。

まぁ、みんなのどこか浮かれた表情を見れば収穫があったことぐらいはわかるか。

ロウガさんとか、結構わかりやすくテンション上がってたしなぁ。

普段はクールなニノさんも、三割増しぐらいで表情が明るかった。

「大魔導師の宝物庫なら、危険な遺物があることも考えられますわ。街を取り仕切るフィオーレ商会の長としては、あなたが妙な物を持ち出していないか聞く義務がありますわ」

そう言って、詳しい報告を求めてくるアエリア姉さん。

これについては、ごもっともと言うよりほかはない。

あの宝物庫……というか実験室の中には、国ひとつ滅ぼせそうなヤバいものすらあった。

もちろんそういうものについては、ちゃーんと持ち出さないようにしたけれども。

俺は宝物庫で何があったのかを、順を追って姉さんに説明していく。

「なるほど。一度、調査する必要がありますわね」

「ええ、これがそのカギです」

「受け取りましたわ。置いてきたものについては、第十三迷宮の所有権を有する商会のものとなりますがよろしくて？」

俺だけでなく、その場にいた皆に問いかけるアエリア姉さん。

迷宮内に存在する宝物については、持ち出してきたものに限り探索者に所有権が認められる。

逆に、財宝を発見しても持ち帰ることができなければ自分のものとはならないのだ。

今回の場合、発見者である俺たちは所有権を放棄した扱いになる。

こういう場合は、迷宮の管理者が宝物の所有権を得る決まりだ。

「ああ、構わないよ。危ない魔導書なんて、持て余すだけさ」

「だね。変に広まったりしても困るし」

「商会が引き取ってくれるなら安心です」

「そうだな、ちょっとばかり謝礼を貰《もら》えると……」

最後に、それとなく分け前が欲しいというロウガさん。

いやまぁ、人情としてわからなくはないけどこの場面でせこくないか？

俺がそう思っていると、即座にニノさんがロウガさんの足を踏んだ。

「イタッ！　ニノ、何するんだ!?」

「ロウガはもうちょっと、空気読みましょう」

「ちょっとぐらい良いだろ？　懐《ふところ》が寂《さび》しくてな……」

「いくらか報奨金はお支払いしましょう」

「おお！　流石は天下のフィオーレ商会、太っ腹だぜ！」

微笑《ほほえ》みながらも即決したアエリア姉さん。

それを聞いて、ロウガさんはすぐに彼女のことを持ち上げる。

本当にわかりやすいんだから……。

まあ、悪い話ではないからいいのだけれども。

それにこれだけ苦労したのだ、いくらか儲けても罰は当たるまい。

「あ、そうだ！　宝物庫の調査をするなら……その。日を改めて、言おうと思っていたのだけどさ」

「なんですの、急に」

「ええっと、姉さんは驚くだろうけど……」

「もったいぶらないでくださいまし。話が長いのは嫌いでしてよ」

「宝物庫に転移魔法陣があったんだ。それで開いた転移門で……行けちゃった。隠し通路」

そう言うと、俺はマジックバッグの中から聖剣を取り出した。

それを目にした途端、アエリア姉さんの動きが止まる。

やがて彼女はゆっくりと、油が切れたようなぎこちない動きでこちらに手を伸ばした。

そして聖剣を手にすると、じっくりとその目で観察する。

「これがもしかして……」

「ファム姉さんの言っていた聖剣だと思います」

「このおんぼろな剣が……聖剣……」

「はい。他にありませんでしたし、間違いないです」

俺がそう言うと、姉さんはどこからともなくルーペを取り出した。

そして、真剣な眼で剣の柄に刻まれた意匠などを確認する。

俺にはどういった由来なのかよくわからないものだが、流石はアエリア姉さん。

何やらぶつぶつと「古王朝時代のものに似ている」とか「この文字は神を示す」とか蘊蓄《うんちく》を語り出す。

会頭として義父の跡を継いでからは、経営に専念しているアエリア姉さん。

実はそれ以前は、鑑定士として店頭に出ることも多かった。

彼女の鑑定眼は、超一流のプロ並みなのである。

「……確かに、それらしいものには見えますわ」

「じゃあ、目標達成だね！」

「いいえ」

何故か、きっぱりと否定するアエリア姉さん。

え、それはいったいどういうことだ？

俺が思わず戸惑いの声を上げると、彼女は半ば自棄《やけ》になったような口調で言う。

「あくまで、この剣は聖剣らしいものというだけですわ」

「というと……どういうこと？」

「これが聖剣だという証拠はないということです」

「そんな……！ 屁理屈《へりくつ》だよ、姉さん！」

「嫌ならば、これが聖剣だという証拠を見せるのですわ」

証拠と言われても、そんなもの出せるはずがない。

アエリア姉さんも、それはわかっているのだろう。

俺を押し切ろうと、焦《あせ》っているのが見てわかる。

「とにかく、証拠がなければだめです」

「そんなこと言ったって、どうすればいいのさ！」

「どうもこうもしませんわ。ノアはわたくしと一緒に家に帰ればいいんですの！」

そう言って、満面の笑みを浮かべるアエリア姉さん。

もはや体面も何もあったものではない。

むむむ……!!

姉さんがそのつもりなら、こっちにだって考えがあるぞ！

そう簡単に、連れて行かれたりするもんか！

「わかった、もういいよ！　アエリア姉さんの許可はいらない！」

「なっ！　このわたくしに反抗するつもりですの!?」

「先にめちゃくちゃ言ってきたのは姉さんじゃないか！　だから俺も言うことを聞かない、それだけ！」

「待ちなさい、ノア！」

呼び止める姉さんに構うことなく、俺はくるりと背を向けた。

もう怒ったぞ、姉さんの言うことなんて聞くもんか！

俺がそのままみんなを連れて歩き出そうとしたところで、姉さんの方も叫ぶ。

「ならば、わたくしも力ずくで連れ戻すまでですわ！」

「……どうやって？」

思わず、足を止めて聞き返してしまった。

ひょっとして、護衛の人たちを動員するつもりだろうか？

でも、彼らが俺に勝てないことぐらい姉さんならわかるはずだけど……。

俺だけでなく、クルタさんたちも不思議そうな顔をする。

すると姉さんは、何やら自信ありげに言い放つ。

「……今こそ見せてあげますわ。このわたくしの……いえ、商会の圧倒的な力を！」

そう言うと、胸元《むなもと》から謎《なぞ》のスイッチを取り出したアエリア姉さん。

彼女がそれを押すと、にわかに地面が揺れ始めた。

そして、ドスンドスンと重い足音のようなものが聞こえてくる。

これはなんだ、いったいなにをした⁉

「姉さん、まさか魔物でも放ったのか⁉」

「じきにわかりますわ。少しお待ちなさい」

腰に手を当てながら、余裕たっぷりに微笑むアエリア姉さん。

やがてその声に応じるかのように、巨大な何かが建物の影から姿を見せる。

おいおい、嘘《うそ》だろ⁉

これは……これは……‼

「ド、ドラゴン⁉」

ドラゴンの形をした何かが、俺たちの前に立ちふさがった……！


———○●○———

「う、うっそぉ!? なにこれ！」

「鉄でできた……ドラゴンか……？」

現れた物体の異様さに、俺たちは揃《そろ》って息を呑《の》んだ。

こいつは、ゴーレムの一種であろうか？

ドラゴンを模した姿をしているが、身体のほとんどが金属で出来ている。

大きさは人の背丈の五倍ほどで、周囲の建物が小さく見えた。

その直角を多用したフォルムは実に攻撃的で、刃物を思わせる爪《つめ》が月影に輝く。

「これが我が商会の最終兵器、会頭専用竜型魔装人形ですわ！」

ドドンッと胸を張り、高らかに宣言するアエリア姉さん。

いや、確かにすごいゴーレムだけど……！

どうしてこんなもの作ったんだよ！

まさか、戦争でも始めるつもりなのか？

いくら規模が大きいとはいえ、一介の商会が持つにはあまりにも過剰な戦力である。

これ一体で、下手すればちっちゃな国なら亡ぼせるんじゃないか？

「どうしてこんなものを……」

「決まっていますわ。これも、ノアを危険から守るため！」

「え、ええ!?」

思っていたよりも、さらにひどい理由だった！

というか、これほどのゴーレムである。

いくら魔道具の製作が盛んなヴェルヘンとはいえ、よく作れたものだ。

どれほど高度な技術と予算が使われたのか、想像すらできない。

俺が半ば呆《あき》れていると、姉さんは意気揚々と語り出す。

「迷宮内で発見された遺物を元に、シエルの協力も得て実現した最強のゴーレムですわ！　開発に三年の歳月と百億ゴールドほどの予算がかかりましたが……。それに見合う以上の性能はありますすわよ」

「ひゃ、百億⁉」

あまりの金額に、腰を抜かしてしまうクルタさんたち。

予想がついていたとはいえ、俺もずっこけそうになってしまった。

いや、百億ってどれだけだよ！

あまりの金額の大きさに、流石の俺も全く想像がつかなかった。

それだけのお金があったら、千年ぐらい遊んで暮らせそうだ。

……まず、そんなに生きられないけども。

普通の人間では、使い切ることすらできそうにない。

「さあ、この機体の力を今こそ見せつけて差し上げますわ！　はっ‼」

ドラゴンの背中が動き、出入り口のようなものが現れた。

姉さんは軽《かろ》やかに身をひるがえすと、颯爽《さっそう》とその中に入っていく。

このゴーレム、中に乗って動かすタイプなのか！

初めて見る方式に驚いていると、にわかにゴーレムの眼が光る。

それと同時に、ギュインと独特の機械音が響いた。

「う、動き出した!!」

「こりゃ、ちょっとやばいんじゃないのかい⁉」

「あんなゴーレムが暴《あば》れたら、とんでもないことになりますよ！」

天を仰《あお》ぎ、機械らしからぬ咆哮《ほうこう》を上げるゴーレム。

その迫力は本物のドラゴンと比べても劣らない。

いや、むしろ勝っているぐらいだ。

あまりの大音響に、地面が震えて建物の窓にヒビが入る。

俺たちも、気を失わずに立っているのがやっとだ。

「さあ、ノア!!　覚悟なさい!!」

「うわっ⁉」

振り下ろされる爪。

冴《さ》えた輝きを放つそれは、路地の石畳を軽々と打ち砕いた。

地面が裂けて、小さなクレーターができる。

……なんて破壊力だ!!

こんなのが暴れ回ったら、あっという間に街が壊滅しちゃうぞ!!

俺は慌ててゴーレムの眼を見ると、中にいるであろう姉さんに告げる。

「場所を変えよう！　ここじゃ怪我人《けが》が出る！」

「いいですわ！　では、中央広場ではどうかしら？」

「いいよ、行こう！」

こうして移動を開始した俺と姉さん。

クルタさんたちも心配だったのだろう、後ろから追いかけてきた。

「あれとやり合うつもり!?」

「そうするしかないよ」

「けど、あんなのほんとに倒せるの？」

石畳を粉砕しながら、疾走するゴーレム。

それを見ながら、クルタさんが不安げに尋ねてきた。

路地を駆ける巨体の迫力はすさまじく、輝く装甲はどんな攻撃でもはじき返しそうだ。

何より、アエリア姉さんがあれだけ自信満々に呼び出したのである。

それなりの勝算があってのことだろう。

クルタさんが心配するのも、ある意味では当然のことだ。

……とはいえ、俺にも少しばかり考えがある。

「大丈夫、相手がアエリア姉さんなら勝算はある」

俺がそう告げたところで、街並みが途切れた。

ヴェルヘンの街で最も大きな広場である、中央広場が見えてくる。

迷宮への入り口が複数存在するこの広場は、日頃《ひごろ》から多くの探索者が集まることから広大な面積がとられていた。

「さあ、勝負ですわノア！」

「ああ、やろうか」

広場の中央で、改めてアエリア姉さんの乗ったゴーレムと対峙《たいじ》する。

月影に煌《きら》めくその巨体は、異質で異様な存在感を放っていた。

よくこれだけのものを人間が造れたものだと、逆に感心してしまう。

元になった遺物があるのだろうけど、それを復元した商会の技術力もすさまじい。

たぶん、シエル姉さんとかも全力で協力したんだろうなこれ。

意外とこういうの、結構好きそうだし。

「あらかじめ言っておきますが、この機体の装甲には剣も魔法も通用しませんわ。特殊な液体金属を使っておりまして、何をされても再生いたしますの」

機体の性能をよほど自慢したかったのだろうか。

アエリア姉さんはわざわざ解説をしてくれた。

そのおかげで、戦う前からいろいろと情報を仕入れることができたのだが……。

なるほど、確かにこれは厄介だな……。

頑張れば破壊できなくはなさそうだけど、無茶をすると中にいる姉さんが危ない。

だったら、方法は一つだな。

「わかった。じゃあ、俺は剣も魔法も使わないよ」

「あら？　それでどうするつもりですの？」

「こうするんだよ」

俺は全身に魔力を行き渡らせると、そのまま一気に踏み込んだ。

——ドンッと鈍い音。

足音というよりも、もはや爆発音《ばくはつ》といった方が良いそれと共に身体が前に飛び出す。

そして、拳《こぶし》を固く握りしめ——。

「おっりゃああ!!」

「ぐっ!?」

ゴーレムのどてっぱらに拳が突き刺さる。

その瞬間、竜を模した巨体がにわかに傾いた。

「かたっ……!!」

拳が軋《きし》む。

特殊な液体金属と言っていたので、微妙に柔らかいんじゃないかと思ったのだけど……。

実際はまったく逆で、ものすごい硬度だった。

ダイヤモンドの壁でも殴ったら、きっとこんな感じじゃないかと思うほどだ。

衝撃が骨に響いて、お腹《なか》まで伝わってくる。

こりゃ、傷が回復したばかりの身体では結構厳しいかも……。

「何をするかと思えば、殴りつけてくるなんて。そんな攻撃、このゴーレムには通用しませんわ!!」

即座に繰り出される尻尾《しっぽ》。

——早い！

俺がギリギリのところでそれをよけると、今度は爪が突っ込んでくる。

そしてそれを回避すると、今度は口から魔法弾のようなものが飛んできた。

こいつ、ドラゴンみたいな見た目してるだけあってそんな機能まであるのか！

このままでは避け切れないと悟った俺は、とっさにそれを蹴飛《けと》ばした。

——熱い！

魔法弾には火属性が込められていたようで、たちまち熱気が肌を焼く。

どうにか跳ね返すことに成功したが、二度目は厳しそうな感じだな！

「ジーク!!」

「平気です！　みんなは人が近づかないように見張ってて！」

俺と姉さんの勝負に、みんなを巻き込むわけにはいかない。

とっさに駆け寄ろうとするクルタさんたちを、俺は慌てて手で制した。

この勝負、必ず一人で決着をつけてみせる！

「ノア。今のうちに戻ってくるならば、これ以上は何もしませんわ」

「嫌だ。姉さんの方こそ、もう諦《あきら》めてよ」

「絶対にあきらめませんわ！」

「だったらこっちも、絶対に戻らない！」

こうなったら、もはやお互いの意地のぶつけ合いである。

規模は大きくなってしまっているが、簡単に言えば姉弟喧嘩《けんか》だ。

どちらかの心が折れるまで、収まらないだろう。

だったら俺は、絶対にあきらめない！

「言うことを聞きなさーーい!!」

「嫌だ!!」

アエリア姉さんの心情を反映してか、徐々に速まるゴーレムの攻撃。

俺はそれをギリギリのところで回避しながら、どうにか攻撃を入れていく。

関節などの壊れやすい箇所を狙《ねら》って、できる限り集中的に。

しかし、そう簡単には壊れない。

「無駄ですわ！　このゴーレムを破壊することなど、できませんことよ！」

「だったら……」

ひとまず逃げに徹する俺。

ゴーレム自体は極めて強力だが、操縦しているのは素人《しろうと》のアエリア姉さんである。

どこかに必ず隙《すき》が存在するはずだ。

そこを突くことができれば、勝機は存在するはずなのだが……。

ゴーレムは驚くほどの機動性で、逃げる俺についてくる。

「逃げても無駄ですわ！　このゴーレムは空も飛べる設計ですのよ！」

「なっ⁉」

暴風が巻き起こると同時に、ゴーレムの巨体がふわりと浮き上がった。

あれほど大きな金属の塊が宙に浮くとは……。

翼に風の魔法陣が仕込まれているのだろうけれど、ものすごいことである。

「いきますわ‼」

掛け声とともに、翼を折ってこちらに突撃してくるゴーレム。

げっ、そんなのありかよ!!

いくら頑丈なゴーレムだからって、無茶苦茶な！

俺が攻撃をどうにか回避すると、たちまちゴーレムの頭が地面を穿《うが》った。

小さなクレーターが出来上がり、地面に大きな亀裂が入る。

いくら俺でも、当たったらぺしゃんこだぞ！

「まだまだ!!」

「やばっ！」

再び空に舞い上がり、突っ込んでくるゴーレム。

このままだと、俺よりも先に広場がめちゃくちゃになりそうだ。

俺は攻撃を回避しながらも次の手を必死で考える。

人間が造ったゴーレムだ、必ず弱点はある。

考えろ、考えるんだ……!!

「いい加減に観念しなさい！　家に帰るんですのよ！」

「やだよ！　ちゃんと聖剣は持ってきたんだ、認めて！」

「ですから、証拠を持ってきなさい！」

もう何度目かわからない攻防戦。

するとここで、わずかにだがゴーレムの動きが鈍っていることに気付いた。

もしかして、燃料切れか？

いや、この感じはもしかして……。

「はぁ、はぁ……しぶといですわね！」

風の魔道具を通じて、アエリア姉さんの荒い息遣いが伝わってくる。

そうか、ゴーレムは疲れ知らずでも姉さんは違う。

あの巨体をあれほど機敏に動かしているのだ、きっと操縦はかなりの重労働だろう。

アエリア姉さんはあくまで一般人、動きが鈍くなってくるのも当然だ。

「そうか……ということは……！」

別にゴーレムを倒す必要なんて、ないじゃないか！

ピンと閃《ひらめ》いた俺は、ゴーレムの周囲を円を描くようにして走り始めた。

その動きに対応するため、ゴーレムの巨体がその場でぐるぐると回りだす。

「こっちこっち!!」

「わたくしを、おちょくるのは、やめなさい!!」

素直にこちらを追いかけてくるアエリア姉さん。

完全にヒートアップしていて、俺の思惑には気づいていないらしい。

いや、単純にゴーレムの性能を過信しているだけなのかも。

実際に、これをもしライザ姉さんが操縦していたら対処法は思いつかなかった。

……まあ、ライザ姉さんならそのまま戦っても強いけどさ。

むしろ、ゴーレムが足を引っ張るかもしれない。

「そりゃあっ!!」

「待ちなさい!!」

こうしてある程度走ったところで、俺は最後の仕上げとばかりに空高く飛び上がった。

風の魔法を使って、可能な限り高く。

雲を追い越すような勢いの俺を見て、姉さんもまたゴーレムを飛翔《ひしょう》させる。

「あなたの魂胆はわかってますわ。どうせ、このまま地上に落ちて私を地面にぶつけるつもりでしょう?」

やがて高度が限界に達したところで、アエリア姉さんが語りかけてきた。

彼女の問いかけに、俺は黙って頷《うなず》きを返す。

その予想は、おおよそ正しいものだった。

「しかし甘いですわね！　このゴーレムは、その程度では壊れませんことよ！」

落下を始めた俺を、猛追するアエリア姉さん。

このまま地面にぶつかるつもりのようだ。

恐らく、俺がうまく直撃を避けることは計算済だろう。

だがそれでも、落下の衝撃でいくらかダメージを与えられると踏んでいるに違いない。

そして――。

「ジ、ジーク!!!!」

「ほんとに落ちた!!　マジかよ!!」

ゴーレムの巨体が広場に墜《お》ちて、破壊が巻き起こったのだった。

―○●○―

「けほ、こほ……。すごいことになっちゃったな」

ゴーレムの落下をギリギリで躱《かわ》した俺は、広場の端から中央付近を見た。

濛々《もうもう》と砂埃《すなぼこり》が舞い上がるそこは、まさしく爆心地とでもいうべき惨状が広がっている。

石畳はめくれ上がり、大きな穴が出来てしまっていた。

あと少し避難が遅れたら、俺もちょっとヤバかったかも……。

アエリア姉さん、いくらなんでもこれは流石にやりすぎである。

「ははは、上手《うま》いことやったじゃねえか!」

「流石にこれじゃ、もう動けないね」

穴の中心でひっくり返っているゴーレム。

それを見たクルタさんたちは、ほっとしたようにつぶやいた。

この惨状では、流石に勝負は決まったと思ったようだ。

しかし、ゴーレムの眼が再び輝き始める。

「まだ……まだですわ！　この程度で、わたくしはやられませんわよ！」

「げっ⁉　まだやれるのかい⁉」

「どんだけタフなんだよ……‼」

立ち上がるゴーレム。

その装甲はひどく汚れていたが、特に目立つ傷などはなかった。

姉さんが豪語した通り、落下でのダメージはほとんどないようである。

こいつ……いったいどんな金属で出来ているのだろうか？

あれだけの勢いで地面に衝突すれば、いくらなんでも傷の一つや二つできても良さそうなものだけども。

特殊な液体金属とやらを採用した成果であろうか。

「さあ、決着を付けましょうか。ノ……きゃっ！」

いきなり、ゴーレムが大きくバランスを崩した。

アエリア姉さんは何とか立て直そうとするのだが、なかなかうまくいかない。

ゴーレムの巨体が、さながら酔っぱらってしまったかのようにフラフラと揺れる。

よし、どうやら作戦がうまく行ったみたいだぞ……‼

重度の乗り物酔い。

何かと用心深いアエリア姉さんであるが、そこまでは気が回らなかったらしい。

「くっ！　めまいが……アタタッ！　背中が！」

「無茶しすぎたんですよ、姉さん」

めまいと全身の痛みを訴える姉さんに、俺はゆっくりと語りかけた。

乗っているゴーレムは無敵かもしれないが、操縦しているアエリア姉さんは無敵じゃない。

あんな無茶苦茶な動きをすれば、身体に負担があって当然だ。

そこを突くために、いろいろと俺も動いたわけだけど……。

むしろ、一般人の姉さんがここまで頑張ったことに並々ならぬ執念を感じる。

ぐるぐると回った時点で、相当しんどかっただろう。

俺だって、あんな動きしたら耐えられるかどうか。

「ぐぐぐ……ここで、倒れるわけには……！」

「姉さん、無茶はやめて！」

「お、おだまりなさい！　わたくしは必ず、あなたを……」

『搭乗者の身体機能に異常を確認。緊急停止します』

どこからか響いた無機質な声。

およそ人間のものとは思えないそれは、ゴーレムのものであろうか？

唐突に聞こえてきたそれに俺たちが動揺していると、にわかにゴーレムの動きが止まった。

やがて背中の装甲がスライドして、中から姉さんが這《は》い出《だ》して来る。

「ううぅ……気持ちが悪いですわ……」

「姉さん、大丈夫⁉」

真《ま》っ青《さお》な顔をしていたアエリア姉さん。

俺は慌てて彼女の元へと走り寄ると、すぐさまポーションを取り出した。

吐き気がひどいのだろう、姉さんはむせながらもどうにかそれを飲み干す。

「……まさか、このゴーレムをもってしても止められないなんて」

「俺だって、いろいろと成長してるんだからね」

「そのようですわね。……はぁ、完全に想定以上ですわ」

乗り物酔いで弱っているからなのだろうか。

いつもの強気な態度はどこへやら、アエリア姉さんは実にしみじみとした様子でつぶやいた。

どこか寂しげな様子を見せる彼女に、俺はゆっくりと問いかける。

「ねえ。何で姉さんは、そんなに俺を連れ戻したかったのさ？」

「もちろん、ノアのことが心配だったからですわ。それに……」

「それに？」

「ノアが、わたくしでは行けない場所に行ってしまうような気がして」

そうつぶやくアエリア姉さんの顔は、月光に照らされてひどく儚《はかな》げであった。

大陸有数の商会を取り仕切る彼女であるが、まだまだ若い。

普段は隠している弱さが、表に出てきてしまっているようだった。

「わたくしには、戦う力がありませんわ。剣術も魔法も、全く適性がありませんでした。代わりに多少、商才がございましたが……。それだけですわ」

「いや、多少ってレベルじゃないような気がするけど……」

俺が思わず突っ込みを入れたが、姉さんは無視して話を続けた。

完全に、自分の世界に入ってしまっているようである。

「だから、ノアが冒険者になってしまったら……。置いてきぼりにされるような感じがして。戦えないわたくしでは、後を追いかけることはできませんから」

「姉さん、そんなこと思ってたんだ。じゃあひょっとして、このゴーレムは……」

「ええ。戦えないわたくしが、いざという時にノアを守るために作ったものですわ」

なるほど、異常に高性能なゴーレムを開発したのはそういうわけだったのか……。

そう言われると、ちょっと悪いことをしちゃったような気がするなぁ。

いやまぁ、ゴーレム自体を破壊したわけではないのだけどもさ。

「ですが、こうなってしまった以上はしかたありませんわね。認めますわ」

「ということは……」

「ええ、冒険者として活動してもいいですわ」

「……やった!!」

許可を貰えて、俺は思わず喜びの声を上げた。

気持ちが弾んで、その場で意味もなくジャンプしたくなる。

が、その気持ちをひとまずしまい込むと。

俺は今にも泣きそうな顔をしているアエリア姉さんの方へと向き直る。

「ありがとう、姉さん」

「……負けましたから、当然ですわ」

「でも、安心してよ。冒険が終わったら、ちゃんと帰るから」

俺の言葉を聞いて、見る見るうちに姉さんの表情が明るくなっていった。

彼女は俺に向かって前のめりになると、いきなり手を握ってくる。

「それ、本当ですわね!?」

「う、うん」

「良かったですわ!!　……これで、ノアに商会を継いでもらう計画が続けられますわね」

「え、いま何か言った？」

「何でもございませんわ、こちらの話でしてよ！」

「そう？　ならいいのだけど。それより……」

俺はそっと、視線を姉さんの服へと向けた。
ゴーレムの中で、相当に激しい動きをしたのであろう。
もともと露出の多い服であったことも災いして……。
あれこれと、見えてはいけない部分が見えてしまっている。
いや、もはや脱げてしまっているというか……。
何で気付いていないのか、少し不思議なぐらいだ。
たぶん、気分が悪くてそれどころではなかったのだろう。
「ノア？　熱でもありますの？」
何を勘違いしたのか、こちらとの距離を詰めてくるアエリア姉さん。
いつもは嫌になるほど勘が鋭いのに、どうしてこういう時に限って鈍感なのか。
待って、これ以上近づいたらヤバイ！
俺はじりじりと後退したが、運の悪いことに瓦礫《がれき》が後ろを塞《ふさ》いでいた。
背中がつかえて下がれなくなったところで、姉さんはスッと顔を近づけてくる。
――こつん。
額と額が、軽く合わさった。
俺はもうドキドキしてしまって、とっさに言葉が出てこない。
「熱はなさそうですわね。……ん？」

検温を終えたところで、ようやく姉さんが自らの着衣の乱れに気付いた。

彼女は全身を見渡すと、服がほとんど脱げてしまっていることを確認する。

そして。大きく息を吸い込み——。

「いやあああぁッ⁉」

すさまじい悲鳴が、迷宮都市に響き渡るのだった——。

エピローグ
事件の後始末

「ふぅ～～!!　最高だな！」

事件の数日後。

俺《おれ》たちは迷宮都市で最も高級とされるレストラン『天の晩餐《ばんさん》』へとやってきていた。

ここは値段が高いのはもちろんのこと、格式の高さも超一流。

入ることができるのは、選ばれし紹介客のみだとか。

その上、基本的に予約は数年待ち。

それを今回、アエリア姉さんが『騒動に巻き込んだお詫《わ》び』として貸し切ってくれた。

流石《さすが》はフィオーレ商会、街を仕切っているというのは伊達《だて》じゃない。

「初めて見る料理ばかりですね。名前がポエムみたいですし……」

「迷宮産トネリコ茸《だけ》の大籠《おおかご》焼き、高原の爽《さわ》やかさと共に……か。確かに、高原の爽やかさって何だろう？」

「使われてるハーブの産地が、どこかの高原とかですかね？」

「んー、それだとちょっと安直過ぎない？」

「いいだろ、旨《うま》けりゃ何でも」

「もう、ロウガはガサツだなぁ……」

呆《あき》れたようにつぶやくクルタさん。

一皿で数万ゴールドはしそうな高級料理を、ロウガさんはガツガツと食べていた。

いくら貸し切りで他の客がいないとはいえ、見ていてちょっと恥ずかしくなる。

それとは対照的に、クルタさんは実にお行儀よく料理を食べていた。

何でも、Aランクともなると有力者と会食する機会もあるらしく。

こういったマナーの基礎は押さえているそうだ。

ニノさんも、彼女から教わったのであろうか。

ゆっくりながらも、丁寧に食事を平らげていく。

「ラーナさんも来られると良かったんですけどね」

「まあ、しょうがねえだろ。むしろ、三か月の謹慎で済んで良かったぜ」

俺とアエリア姉さんの戦いが終わった後。

ラーナさんはすぐに、コンロン商会と取引したことをギルドへ報告した。

それによって下された処分が、謹慎三か月。

冒険者資格の取り消しもありえたことからすると、かなり寛大な処置だったらしい。

ラーナさんの方から自首したことが奏功したようだ。

「コンロンの方も、ラーナさんの証言をもとにギルドと商会がきちんと調査してくれるそうですよ」

「あんな危ない武器を見せられたらね。そりゃ放っておけないだろうね」

「どうも、製造には黒の塔が絡《から》んでるって話だ。デカい山になるかもな」

肉にかじりつきながら、うんうんと唸《うな》るロウガさん。

黒の塔というのは、禁忌の闇《やみ》魔法を研究する魔導師集団だ。

十年ほど前に大規模な爆破《ばくは》事件を起こして以来、あまり表には出ていないそうだが……。

今なお、地下に潜って活動を続けていると言われている。

ただでさえ魔族との緊張が高まっているこの時期に、面倒な連中が出てきたものだ。

これ以上、変な事件が起きないといいのだけど。

「……まあ、あんまり関《かか》わらない方がいいでしょう」

「そうだな、こっちも魔族関連のことがあるしな」

「だね。今はその聖剣をどうにかする方法を考えた方がいいよ」

そう言うと、クルタさんは聖剣を納めている俺のマジックバッグを見た。

錆《さび》の浮いた聖剣は、このままでは武器として何の役にも立たないだろう。

というより、下手なことをすれば折れてしまうかもしれない。

「ラージャに戻って、バーグの親父《おやじ》に見てもらうか？」

「そうですね、それで直ってくれるといいんですけど」

「ちょっと難しいかもな。それが本物の聖剣なら、オリハルコンで出来てるだろうから」

「そうなんですか?」

「おいおい、知らなかったのか? 勇者物語にバッチリ書いてあったろ?」

「あー……途中までしか読めてないんです。姉さんたちに取り上げられて」

勇者物語とは、その名の通り勇者一行の冒険を綴《つづ》った一大叙事詩である。

大陸に住む男の子にとっては、バイブルと言っても過言ではない読み物だ。

俺もこの物語に憧《あこが》れて、冒険者になったくらいである。

もっとも、最後まで読まないうちに姉さんたちに取り上げられてしまったのだけど。

「しかし、オリハルコンですか……」

神々の産み出した完全なる金属、オリハルコン。

この世で最も硬いとされるこの金属は、同時にこの世で最も希少な金属でもある。

もし聖剣が本当にこれで出来ているとするなら、修理は相当に大変そうだ。

最悪、かなりの量のオリハルコンを調達してこなければならないかもしれない。

「オリハルコンとなると……カナリヤ鉱山か」

「だね。あるとしたらあそこぐらいかな」

「迷宮の次は鉱山ですか。地下が続きますね……」

困ったなという顔をするニノさん。

そう言えば、迷宮内でもよく「日光を浴びたい」とか言ってたなぁ。

忍びという職業柄、暗い場所での戦いの方が得意そうなのだけれども。

本人の性向としては、やはり日当たりのいい場所の方が好きらしい。

まあ、お日様に当たりたいのは人間なら誰《だれ》でもそうか。

「とにかく、一度ラージャに戻ってこの剣を見てもらおう。剣に関しては、あっちが本場だからね」

「じゃあ、あとで軽く挨拶《あいさつ》を済ませたら街を出ますか。何か、ここでやり残したことはありませんか？」

「そうだなぁ、予定より短い滞在になったから……。飯屋の制覇がまだできてないな」

「もう、そんなことぐらい別にいいじゃん！」

「いやいや、食うことは大事だぜ？　俺ぐらいの歳《とし》になると、あと何回食事ができるかって意識して……」

何やら語り始めるロウガさん。

普段はおじさんじゃないというのに、こういう時だけは人生の先輩風を吹かせてくる。

こういうところがなければ、渋くてカッコいいんだけどなぁ……。

俺たちがちょっぴり冷めた目をしていると、部屋にそっとアエリア姉さんが入ってきた。

「失礼しますわ。ふふふ、楽しんで頂けているようですわね」

「アエリア姉さん！　仕事はいいの？」

「ええ、とりあえずは落ち着きましたわ」

心なしか、普段より疲れた様子のアエリア姉さん。

街中で大暴《あば》れしてしまったため、事件の後始末が相当に大変だったようだ。

俺も、ダンジョンの床を壊してしまったのだけれど……。

あちらについては、すぐに修復されてしまったらしく上手《うま》く誤魔化《ごまか》せたらしい。

壊れた壁や床が元に戻るなんて、流石は神が造ったと言われるだけのことはある。

「あなたたちは、これからどうするつもりですの？」

「いったん、ラージャに戻って聖剣のことを馴染《なじ》みの鍛冶師に相談しようかと」

「なるほど、それは良いですわね」

既に勝負は決まったからであろうか。

これまでとは違って、穏やかな態度のアエリア姉さん。

すかさず、給仕たちが彼女の前にも食事を運んで来ようとした。

しかしそれを手で制すると、姉さんは穏やかながらも真剣な顔で語り出す。

「ですがその前に、考えなくてはいけないことがありますわよ」

「ファム姉さんへの報告ですか？」

「それはこちらで済ませましたわ」

当然とばかりに告げるアエリア姉さん。

この動きの早さは流石だなぁ……。

俺なんて、これから報告しようとしていたところだったのに。

「じゃあ、いったいなに？」

「決まっているじゃありませんの。エクレシアのことですわ」

……そうだ、エクレシア姉さん！

俺は最後に残った一番厄介な身内の存在に、思わず唸るのであった。


―――○●○―――


「エクレシア……。ひょっとして、大芸術家のエクレシア様ですか？」

ニノさんが、どこか興奮した様子で尋ねてきた。

ひょっとして、エクレシア姉さんのファンだろうか？

世界的な芸術家だけあって、そこら中に根強いファンがいるんだよな。

まさか、東方出身の彼女にまで名前が知られているとは予想外だったけれど。

「……ええ」

「ということは、エクレシア様もジークの身内⁉」

「姉ですね」

俺がそう言った途端、ニノさんの眼がキラキラと輝き始めた。

一方で、クルタさんたちは「またなのか」と驚きを通り越して呆れたような顔をしている。

「なあ、ジークの家族って本当にどうなってるんだ？」

「そうだよ。明らかに普通じゃないというか……。もしかして、皇帝の隠し子とか？」

「やんごとなき血筋だとしたら、今までの態度はまずかったですかね……」

「そんなわけないじゃないですか！　そりゃ、姉さんたちは特別かもしれないですけど……俺は普通です！」

俺がそう宣言すると、クルタさんたちは揃《そろ》って首を傾《かし》げた。

アエリア姉さんも何か言いたそうな雰囲気である。

あ、あれ……？

俺ってもしかして、普通じゃないのか？

いやいや、そんなことはない。

姉さんたちに引っ張られて、みんなの感覚がおかしくなっているだけだろう。

俺自身はいたって普通、普通のはずだ。

「……ともかく、エクレシア姉さんが動くとなると厄介ですね」

「ええ。人間相手では、あの子が一番かもしれませんわ」

手を顔の前で組んで、深刻な顔をするアエリア姉さん。

俺もまた、彼女と同様に険しい顔をする。

エクレシア姉さんが来るとなると、考えるべきことは多かった。

一方、クルタさんたちは困惑したような表情をする。

「そんなにヤバいのか？」

「ええ」

「でも、芸術家なんだよね？　そんなに危険なイメージはないのだけど……」

クルタさんの言葉に、俺とアエリア姉さんは揃って深いため息をついた。

確かに、相手が一般的な芸術家ならば何も恐れることはない。

けれど、エクレシア姉さんはいろいろと特別なのだ。

あれをどう説明すればわかってもらえるのか……。

俺が思案していると、アエリア姉さんが言う。

「……優れた芸術は人の心を動かしますわ。これはわかりますわよね？」

「うん。あんまりそういうの詳しくないけど、綺麗《きれい》な物を見ると『おおっ！』てなるね」

「真に優れた芸術は、心を動かすだけにとどまらず支配してしまうのですわ」

「なるほど……？」

アエリア姉さんの言葉に、クルタさんは半信半疑と言った様子で頷《うなず》いた。

直感的に理解できないのも無理はない。

けど、エクレシア姉さんに関しては本当にそうとしか言いようがないからなぁ……。

彼女の作品は、まさしく魔性と呼ぶのがふさわしい何かがある。

「いずれラージャに行くでしょうから、準備しておくべきですわね」

「わかった。ありがとう、アエリア姉さん」

「まあ、家に戻りたければすぐ戻ってきてもいいですのよ。いつでも待ってますからね」

そう言って、満面の笑みを浮かべるアエリア姉さん。

社交辞令というよりは、本当に帰ってきてほしいような雰囲気である。

俺は思わず苦笑いをすると、それはまだまだ先の話だと告げる。

「遠慮はいりませんからね」

「あははは……。ところで、ライザ姉さんはどうしてるんです？」

それとなく話題を切り替える。

するとアエリア姉さんは、すぐさま壁の時計に視線を走らせた。

そしておやっと首を傾げる。

「変ですわね。ここに来るようにと場所を伝えたのですが……」

「ノアアアアァ!!!!」

「わわわっ⁉」

噂《うわさ》をすればなんとやら。

部屋の扉を押し開き、ライザ姉さんがすごい勢いで飛び込んできた。

彼女は俺に駆け寄ると、勢いそのままに抱きついてくる。

突然のことに驚いた俺は、椅子ごと押し倒されてしまった。

「ラ、ライザ姉さん⁉」

「……はっ‼」

みんなから注《そそ》がれる生暖かい視線。

場の空気が何とも言えない状態になったことに、流石のライザ姉さんも気づいたのだろう。

彼女は急いで俺から離れると、取り繕うように咳払《せきばら》いをする。

「げ、元気だったかノ……じゃなくてジーク」

「ライザ姉さんの方は、すごく元気だったみたいですね」

「ま、まあな！」

「当然ですわ。監視していたとはいえ、最高級スイートに居たんですもの」

へえ……。

アエリア姉さんも、流石にそういうとこはしっかり配慮してたんだな。

身内なのだし、当然と言えば当然か。

別に悪いことをしたわけでもないし。

「そうだ、借用書をお返ししますわ。お金はもう口座に戻しておきましたわよ」

「おお！」

借用書を受け取ったライザ姉さんは、それをその場で破り捨ててしまった。

そして大きく胸を張ると、高らかに勝利宣言をする。

「ははは、これでもう自由だ！　何も怖くないぞ!!」

「次からはもう、騙《だま》されないでくださいましね」

「当然だ。学習したからな！」

「……それが一番心配ですのよ」

額を押さえ、やれやれとため息をつくアエリア姉さん。

まぁ、とにもかくにもこれでライザ姉さんの問題もひと段落である。

無事にお金も戻って来たことだし、円満に解決できてよかった。

「これでまた、ジークたちと一緒に冒険ができるな！」

「うん！」

「剣聖が戻ってきてくれるなら、こんな心強いことはないな」

「頼もしいことこの上ないです」

「あ、そうだ」

最後に、アエリア姉さんが何かを思い出したように手をついた。

はて、いったいなんだろう？

何だかこう、ろくでもないことが起きるような気配がするぞ……!!

嫌な予感がして俺が震えていると、アエリア姉さんは満面の笑みで告げる。

「あのゴーレム、これから改良する予定ですからたまに手伝ってくださいましね」

「え？」

「ノアに勝てるようになるまで、作り直させるつもりですから」

だから、たまに戦って性能を確かめさせてと続けるアエリア姉さん。

やれやれ、負けず嫌いなところは騒動を経ても全く変わっていないようだ。

この分だと、いつか最強のゴーレムを作り出しそうだなぁ。

思わず断りたくなるが、それをすると話がややこしくなるのでとりあえず頷いておく。

「……わかった。またね、また」

「では、その時が来たらラージャ支店を通じて連絡しますわ」

「うん！」

「さてと、じゃあそろそろ行こうかね」

満足げにお腹《なか》を擦りながら、立ち上がるロウガさん。

俺もそれに合わせて、ゆっくりと席を立った。

「戻りますか、俺たちのラージャへ」

こうして迷宮都市での冒険は終わり、俺たちはラージャへの帰路に就くのだった。

おまけ

クルタさんのお買い物

「……ついてないね、馬車が遅れるなんて」

迷宮都市への冒険を終えて、ラージャに戻ろうとした俺たち。

しかし、運の悪いことに馬車の出発が遅れていた。

何でも、馬車へ積み込む予定だった荷物の手配がまだ出来ていないらしい。

「この分だと、かなり遅れそうだな」

「そうだ。せっかくだし、最後に買い物していかない？」

そう言って、皆に出かけようと促すクルタさん。

ここでぼんやりしていても時間の無駄だし、それはそれでありだな。

「じゃ、行って来いよ。俺はここで待ってる」

「え、行かないんですか？」

「食い過ぎでキツイ」

「まったく。遠慮なしに食べ過ぎなんです」

やれやれとため息をつきながらも、ニノさんもロウガさんと一緒に残ると言った。

最初に見た時は、ロウガさんがニノさんの保護者だと思っていたが……。

これでは完全に、ニノさんがロウガさんの保護者である。

「これからは気を付けてくださいよ」

「すまんすまん」

「じゃあ、いこっか！」

「待て、私もついて行くぞ！」

俺の手を引き、そのまま引っ張っていくクルタさん。

慌てて、ライザ姉さんも後をついて来た。

こうして街へ繰り出した俺たちは、そのままとある店の前で足を止める。

「前々からここ、気になってたんだよね！」

「へえ……。服屋さんですか」

「そうそう。この街ってさ、可愛《かわい》い服が多いんだよねえ」

男の俺にはよくわからなかったが、ラージャよりもイケてるファッションが多いとか。

ひょっとして、フィオーレ商会が仕切っている影響だろうか。

姉さん自身が女性であるせいか、女性向けの商品に力を入れているらしいから。

「服など、別に着られれば良かろう」

「ダメだよそんなことじゃ！　服によって全然印象が違うんだから！」

「む、そういうものなのか？」

「じゃ、お手本を見せてあげる。ちょっと待ってて！」

そう言うと、クルタさんは店の中へと入っていってしまった。

ここはひとまず、待った方がいいのだろうか？

俺と姉さんは、思わずその場で顔を見合わせる。

「どうします？」

「どうすると言っても、待つしかなかろう」

「だよねえ」

こうして待つことしばし。

俺と姉さんが何とも言えない時間を過ごしていると、店の中からクルタさんが出てきた。

「どう？　全然違うでしょ？」

「おお……」

いつもは活動的なパンツルックのクルタさん。

その彼女が、ドレス風のワンピースに身を包んでいた。

緑をベースとした色合いは上品で、良家の子女のよう。

髪型も少し手を入れたようで、銀の髪飾りが良く似合っている。

「いつもと全然違いますね。こう、清楚《せいそ》というか……」

「でしょ？　ラージャだとあんまりこういう服無くってねー」

「むむむ……!!」

いつもと違うクルタさんに俺が驚いていると、急に姉さんの機嫌が悪くなった。

どうしたんだろう、何か気に障ったのだろうか？

俺が首を傾げていると、姉さんは何かを決意したように言う。

「待ってろ！　私もすぐに着替えてくる!!」

「え、あ、ちょっと！」

すごい勢いで店の中へと入っていくライザ姉さん。

クルタさんに対抗して、自分も着替えるつもりらしい。

いったい、どんな感じになるのだろう？

そう言えば、鎧《よろい》以外のものを着ている姉さんってほとんど見たことないな。

こうして俺とクルタさんが、少し期待をしながら待っていると……。

「どうだ！　いつもと全然違うだろう！」

「なっ！　なななっ!?」

ライザ姉さんの格好に、思わず言葉を失う俺たち。

いったいそんなもの、店のどこにあったというのだろうか。

よりにもよって、姉さんの選んだ服は――。

「下着ッ⁉」

「違う！　これはれっきとした鎧だ！」

どこからどう見ても、水着か下着にしか見えない妙な鎧だった。

……いったいどうしてこうなった‼

俺の悲痛な叫びが、ヴェルヘンの街に響くのだった。

あとがき

読者の皆様、こんにちは。

作者のkimimaroです、まずは本作をお手に取って頂きありがとうございます。

いよいよ三巻の壁を越え、四巻に到達することが出来ました。

ライトノベルを取り巻く情勢が厳しい中、健闘しているといって良いのではないでしょうか。

これも読者の皆様が応援してくださったおかげです。

コミカライズも無事にスタートすることができまして、ただいま好評連載中です。

こちらマンガUP！様に掲載されておりますので、よろしければぜひご覧になってください。

鈴木匡先生の素晴らしい作画によって、ノベルとはまた異なったキャラクターの魅力がたっぷりと描かれております。

特に戦闘シーンは必見で、漫画ならではの迫力ある仕上がりです。

ノベルにはノベルの魅力がもちろんあるのですが、こと動きのあるシーンについては絵にしていただけるとやはり華がありますね！

コミカライズはこれで二作目なのですが、キャラが生き生きと動いているシーンが絵になって出てくると非常に感慨深いものがあります。

それで話をノベルに戻しますと、この四巻の執筆はなかなかに頭を捻りました。

商人であるアエリアの凄さをどう表現していくのか。
私なりに考えた結果が、このお話となっております。
読者の皆様におかれましては、ぜひじっくりとお読みいただけると幸いです。
最後に、本作に関わったすべての方々に深い感謝の意を表します。

二〇二二年　二月

ファンレター、作品の
ご感想をお待ちしています

〈あて先〉

〒106－0032
東京都港区六本木2－4－5
SBクリエイティブ(株)
GA文庫編集部 気付

「kimimaro先生」係
「もきゅ先生」係

本書に関するご意見・ご感想は
右のQRコードよりお寄せください。

※アクセスの際や登録時に発生する通信費等はご負担ください。

https://ga.sbcr.jp/

家で無能と言われ続けた俺ですが、世界的には超有能だったようです 4

発　行　　2022年3月31日　初版第一刷発行
著　者　　kimimaro
発行人　　小川　淳

発行所　　SBクリエイティブ株式会社
〒106−0032
東京都港区六本木2−4−5
電話　03−5549−1201
03−5549−1167(編集)

装　丁　　AFTERGLOW

印刷・製本　中央精版印刷株式会社

ISBN978-4-8156-1455-3
Printed in Japan　　GA文庫